전생 흡혈귀 씨는 낮잠을 자고 싶어

4

A transmigration vampire would
like to take a nap.

젊은 나이에 목숨을 잃은 명문가의 소년 쿠온 긴지.

그는 이세계에서 절세의 미소녀,
게다가 데이 워커 뱀파이어인 아르제로 전생한다.

검과 마법이 난무하고 몬스터도 있는 이세계.
그곳에서 최대급의 힘을 얻은 아르제가 바란 것은……
'삼시세끼 낮잠 간식 포함으로 누군가가 보살펴주는 생활'?!

느긋하게 낮잠을 잘 수 있는 이상향을 목표로 하면서도
그녀는 차례차례 곤란에 처한 사람들을 돕는다.
맹인 미녀 페르노트 씨의 시력을 회복시켜 주고,
항구를 괴물의 손길에서 구하고, 숲을 침략자로부터 구하고.
여우 소녀 쿠즈하와 만나고, 그녀를 원수의 함정에서 구해내고.

하지만 여행을 계속하는 그녀를 살아있는
재앙·전설의 흡혈 공주 엘시가 덮친다!
페르노트의 도움도 받아서 간신히 최강의 적을 물리친 아르제.
새로이 다크 엘프 리셸을 고향으로
바래다주기 위한 여행이 시작된 것이었다.

아르젠토 ⚜

전생한 흡혈귀 미소녀.
반쯤 자면서 오늘도 뒹굴뒹굴.

페르노트 ⚜

전직 기사. 시력을 잃은 상태
였지만 아르제에게 구원받는다.

엘시 ⚜

흡혈 공주. 살아있는 재앙.

리셸 ⚜

다크 엘프. 고귀한 아가씨?

목 차

A transmigration vampire would like to take a nap.

101 심기일전의 휴식 시간

공화국 수도, 사쿠라노미야를 떠나고 며칠.

마차 구석에서 나는 고민하고 있었다.

함께 여행하는 사람들은 지금 각자의 이유로 바깥에 있었다.

지금 나는 혼자. 그렇기에 이런 일로 고민할 수 있었다.

"……팬티."

중얼거린 것은 손에 들려 있는 물건의 이름.

이른바 여성용 속옷이었다. 얇은 핑크색에 귀여운 프릴까지 달려 있었다.

여아용의 폭신폭신한 게 아니라 보슬보슬한 천으로 된 여성용 속옷의 감촉은 좋다고 생각하지만, 원래는 남자인 나로서는 익숙하지 않은 감촉이었다.

……입는 편이, 낫겠죠.

이제까지 신경 쓰지 않았지만, 최근에는 생각이 바뀌었다.

나는 이세계로 전생해서 흡혈귀 여자아이, 아르젠토 밤피르로 살게 되었지만 원래는 남자였다.

내게는 여성용 속옷을 입는 것 자체가 조금 위화감이 있는 일. 그 탓에 누가 입혀주는 경우가 있더라도 금세 벗었고 직접 입은 적은 없었다.

하지만 이전의 일이 머릿속에서 떨어지지 않았다.

꿀의 마을에서 만난 금색 흡혈귀, 엘시 씨에게 당한 일을 떠올

렸다.

"웃······."

그녀는 옷을 벗기고, 능욕했다.

온몸을 만지고, 키스하고, 흡혈까지 해버렸다.

그 이후, 다른 사람에게 나신을 드러내거나 몸에 접촉하는 것이 어쩐지 무척 부끄럽다고 여겨지게 되어버렸다.

옷을 갈아입어도 왠지 모르게 시선을 피해버릴 정도였다.

이상해져 버렸다고 생각하지만, 어찌해도 그것이 머릿속에서 떨어지지 않았다.

그 사실이 아무래도 신경 쓰여서, 사쿠라노미야를 떠나기 전에 몇 벌인가 사놓았다. 이건 그중 하나였다.

"하아······."

"아르제 씨? 무슨 일 있어요?"

"웃······!"

뒤에서 목소리가 들려서 과장되게 어깨를 들썩이고 말았다.

돌아보니 그곳에 있는 것은 여행의 동행자 중 하나, 행상인 제노 군이었다.

"아, 미안해요. 놀라게 했나요?"

"······아뇨, 괜찮아요. 그보다도 이제 출발하나요?"

"아뇨. 말을 조금 더 쉽게 해주려고요. 그런데 아르제 씨, 물어보고 싶은 게 좀 있는데······. 제가 줬던 옷, 사라져 버렸군요?"

"아······ 그래요. 조금, 이런저런 일이 있어서."

내가 이 세계로 전생하고 얼마 안 되어 제노 군이 주었던 장비

품 일체는, 수인 소녀 쿠즈하와 만났을 때에 그녀 때문에 불타 버렸다.

후드가 달린 로브는 무척 편안했으니까 아쉽다는 생각은 있지만 없어져 버린 것은 어쩔 수 없으니까, 지금은 쿠즈하가 만들어 준 메이드 옷을 입고 있었다.

"같은 디자인으로 마련했어요. 여기요."

"예?"

제노 군이 마차 구석에서 상자를 끄집어 내서는 내게 건넸다.

건네받은 상자를 열어보니 그곳에는 확실히, 내가 처음으로 입었던 옷 일체가 들어 있었다.

"그 옷도 귀엽지만, 평상복에 가까운 것도 있으면 좋겠다고 생각해서요."

"……괜찮나요?"

"돈은 받을게요. 아르제 씨도 그러는 편이 낫겠죠?"

제노 군이 그리 말하며 사람 좋게 웃었다.

내가 이런 빛을 그리 선호하지 않는다는 사실을 제대로 기억하고 있었나 보다. 과연, 역시 행상인이다.

기억력에 감탄하고 있었더니 제노 군은 여전히 미소를 지은 채 말을 이었다.

"그보다도 크기라든지 감촉이라든지, 확인해 주세요. 괜찮다면 돈을 받을 테니까."

그 말을 듣고 손에 들어 쓰다듬어 봤다.

이 세계로 전생한 지 아직 반년도 안 지났지만, 손끝에 느껴지는 감촉은 친근한 온기.

둥실 감도는 새 옷의 냄새가 갓 전생했을 무렵의 기억을 떠오르게 했다. 불과 몇 개월 전의 일이지만 어쩐지 무척 오랜만인 것처럼 여겨졌다.

"아, 그리고 이것도 준비해 뒀어요."

"······? 이건?"

"기억 안 나나요? 옷이랑 같이 줬던 액세서리인데."

"으─응······?"

솔직히 영 기억이 나지 않았다.

제노 군의 손에는 눈물 모양의 붉은 보석을 사용한 펜던트.

건네받은 옷을 그냥 휙휙 입었을 뿐이라서 이런 세세한 부분은 솔직히 별로 기억나지 않았다.

어쨌든 로브가 따듯해서 휘감고 있으면 무척 기분 좋게 잘 수 있었다는 것은 기억하지만.

"왕국에서는 행운의 부적이에요. 사라졌다는 건 무언가 불운을 대신했다는 의미겠죠."

"······제노 군은, 그런 걸 믿는 타입이군요."

"가장 믿는 건 돈이에요. 다만 여행하다 보면 의지할 수 있는 게 그것밖에 없다고 생각하는 날도 있다, 그런 거예요."

어쩐지 자조하듯이 웃고 제노 군은 펜던트를 건넸다.

받아보니 그건 가볍고 딱히 마력의 흐름이 느껴지는 것도 아니었다. 지극히 평범한 장식물, 그런 인상이었다.

그래도 내 눈동자보다 더욱 강한, 심홍이라고 해도 될 색깔의 보석은 솔직히 아름답다고 생각했다.

"고마워요."

"아뇨아뇨, 저야말로 고마워요. 가격은 은 시릴 세 개로 어떨까요."

"그 정도로 괜찮나요? 전에도 생각했는데 이거, 꽤나 좋은 천을 사용한데다가 그 밖에도 이것저것 달려 있으니까…… 가격이 너무 저렴하지 않나요?"

"확실히 세트 가격이라는 걸로 저렴하게 매기기는 했지만, 어느 옷이든 통상적인 물건보다는 좋은 거라 비슷한 세트를 모으는 것보다는 비싸다고요?"

"흠…… 그런가요?"

"사라진 경위는 쿠즈하한테 들었으니까요. 이번에는 쉽게 타거나 찢어지지 않도록 마력 내성이 높고 튼튼한 소재를 사용한 옷으로 준비했어요. 보기에는 같은 옷이지만 성능과 가격은 전에 준 것의 두 배 이상이에요."

쿠즈하가 들었다면 기절할 것 같았다. 그 아이, 이제는 별로 돈도 없을 테고.

나로서는 옷이 튼튼하다는 것은 고마운 일이니까 순순히 은화를 꺼내어 건넸다.

딱 맞네요. 그리 말하며 제노 군이 머리를 숙이고 돈을 받았다.

이제 정식적으로 이 옷은 내 것이 되었다는 의미였다.

"저기…… 그럼 갈아입을 테니까 다른 쪽을 좀 봐주겠어요?"

"예. 밖에서 기다릴 테니까 천천히 갈아입어요."

나를 배려하는지 제노 군은 냉큼 마차에서 나가버렸다.

홀로 남겨진 나는 다시금 옷을 살펴봤다.

"……치맛자락이, 이렇게나 짧았던가요."

이전에는 신경 쓰지 않았던 부분에 대해 중얼거리며, 나는 그 옷을 입기 위해서 메이드 옷을 풀었다.

……속옷, 제대로 입어두자.

"……오랜만에 입었는데 역시 따뜻하네요."

검은 로브를 몸에 휘감고서 나는 만족의 한숨을 흘렸다.

추억의 의상은 조금 큰 편이지만 그게 또 좋았다. 낮잠을 잘 때에 침낭처럼 쓰면 수면 효과가 발군이다.

덤으로 전과 달리 제대로 돈을 냈으니까 거리낌 없이 몸을 맡길 수 있다는 게 좋았다.

바로 감촉을 확인해보자는 생각에 나는 드러누웠다. 그럼 낮잠을 조금——.

"——아르제? 일어나 있어?"

"응—…… 50시간만 더……."

"길잖아?!"

비명 같은 소리로 딴죽이 날아들었다. 여전히 리액션이 크고 재밌다니까.

익숙한 목소리에 몸을 일으켰더니 상대는 확실히 아는 사람이었다.

오드아이 눈동자에 사이드 테일로 정리한 갈색 머리카락. 그리고 자기주장이 몹시 격렬한 거유.

전직 기사라는 직함을 가진 페르노트 씨였다.

그녀는 보기 좋은 눈썹을 찡그리며 진심으로 어이없다는 표정을 지었다. 감정을 감출 생각이 없는 눈빛으로 내게 말을 던졌다.

"여전히 내버려 두면 언제까지고 잔다니까."

"언제까지고 잔다니…… 부끄러워라……."

"칭찬 아니거든?! 절대 칭찬한 게 아니라고?! 어떻게 진지한 표정으로 기뻐하는 목소리가 나오는 거야?!"

"그런데 무슨 용건인가요?"

"전환 빠르잖아?! ……용건이고 뭐고, 식사 준비가 다 됐으니까 부르러 왔어. 자, 빨리 와. 저 다크 엘프랑 쿠즈하가 전부 먹어버리겠어."

"그런가요, 감사합니다."

나는 낮잠을 좋아하지만 먹는 것도 좋다.

배가 부르면 기분 좋게 낮잠을 잘 수 있으니까 거절할 이유는 없었다.

시키는 대로 마차 밖으로 나오니 한낮의 햇살이 은발을 비추며 반짝반짝 빛났다.

……날씨가 좋네요.

본래라면 흡혈귀라는 종족은 태양 아래로 못 나오지만, 내 경우에는 전생할 때 특별히 높은 내성 능력을 받아서 햇빛이 아무렇지도 않았다.

볕을 쬐면서 낮잠을 자면 기분 좋으니까, 햇빛에 대한 내성을 찍어두길 잘했다.

"안녕하세요, 아르제 씨."

"안녕하세요, 쿠즈하."

여우 귀와 꼬리를 파닥파닥 흔들며 인사한 것은 내 친구인 수인 소녀, 쿠즈하.

이런저런 일이 있어 친해져서, 이렇게 함께 여행하는 사이였다.

이세계에서 생긴 첫 친구……라기보다, 나한테는 그녀 정도밖에 친구가 없지만.

그 옆에는 갈색 피부의 여성이 앉은 채 내게 예의 바르게 인사를 했다. 움직임에 맞추어 옅은 금발이 스르륵 흔들렸다.

리셀리오르 아르크 발레리아. 애칭은 리셀 씨. 제노 군이 주웠다고 하는, 다크 엘프 여성이었다.

듣자하니 바다 너머에 있는 대륙의 영주님이라는데. 그녀를 거기까지 바래다주는 것이 현재 내 여행의 목적이었다.

리셀 씨는 보라색 눈을 가늘게 뜨고 내게 말을 던졌다.

"안녕하세요, 아르제 님."

"예. 안녕하세요, 리셀 씨."

그녀가 내게 친근히 이야기하는 이유는, 언어였다.

나는 어떤 말이라도 번역하는 특별한 스킬을 갖고 있었다. 이 능력으로 이세계의 말이나 동물의 말을 이해하는 것이었다.

그리고 그녀가 사용하는 말은 다른 사람들이 이야기하는 것과는 달랐다. 다른 사람들은 공화국어, 리셀 씨는 고대 정령 언어라는 무언가 어려운 말이라나.

즉, 서로 다른 말로 이야기하다 보니 리셀 씨가 명확하게 의사소통할 수 있는 것은 나뿐이다.

그런 점 때문인지, 이 대식가 다크 엘프는 내게 자주 이야기를 건넸다. 매정하게 굴 이유는 없고 내용에 따라서는 다른 사람들에게 전달하니까 상관없지만.

"식사하고 출발하죠."

그러더니 제노 군은 말들에게 먹이를 준 뒤, 이쪽으로 다가왔다.

우리가 타고 있는 마차는 세 마리 말이 끌고 있었다. 그중 한 마리는, 왕국이라는 나라에 있던 무렵에 만난 네구세오라는 말이었다.

네구세오는 여전히 삐친 머리처럼 폭신폭신한 갈기를 바람에 휘날리며 주어진 먹이를 먹고 있었다.

아무래도 다른 말들과도 잘 지내는 모양이었다. 말이니까.

언어 번역의 힘은 동물에게도 미치니까 그와도 대화는 가능하다. 성격은 무척 무뚝뚝하다고 할까, 남자다운 느낌이었다.

일단 잘 지내는 모양이니까 내버려 두고, 제노 군이 건넨 그릇을 받았다. 내용물은 채소가 가득한 스프였다.

"고마워요, 제노 군. 그리고, 으음, 뭐였더라. 그게…… 시린 이 대금고."

"시릴 대금고예요."

"아, 그렇지. 그거예요. 어느 정도 더 가면 도착할까요?"

"지금처럼 간다면, 내일 오전이겠네요."

응, 그럼 밥 먹고 또 낮잠을 자자.

보존을 위해 건조시킨 빵을 스프에 적셔서 불리며 나는 그런 생각을 했다.

마찬가지로 스프에 빵을 담그며 쿠즈하가 입을 열었다.

"시릴 대금고라면 돈을 만드는 곳이군요."

"그래. 세계의 통화를 한 종류로 통일한, 시릴이라는 여성이 세운 화폐 제작소야."

"우물…… 화폐 통일이라니, 잘도 했네요."

"시릴 동전에 사용되는 위조 방지 마법이 굉장히 정교해서 흉내 낼 수가 없거든요. 다만 동전에 담긴 마력을 상인 마법의 스킬로 끌어내 버리면 화폐로서의 가치를 잃지만요……."

우리의 의문에 제노 군은 친절하게 대답해 주었다.

듣자 하니 제노 군은 꿀의 마을 렌시아에서 쿠즈하를 구할 때, 상인 마법이라는 기술을 사용했다고 한다.

이것은 화폐에 담긴 위조 방지의 마법을 해제하고 그것을 마력으로 써먹는 방식으로, 이것을 행하면 더 이상 화폐로서는 가치가 사라진다. 상인에게는 그야말로 '돈을 날리는' 행위라나.

"그래서 마력을 잃은 동전은 시릴 대금고에 전달해야 하는 거구나?"

"예. 상업 길드에서 그렇게 정해져 있거든요. 조금 돌아서 가는 모양새가 되어버렸는데, 죄송해요."

"아뇨. 제노 군은 우리를 도우러 와줬으니까 그 정도는 괜찮아요."

"감사합니다."

앞으로의 예정과 목적을 다시금 확인하며 우리는 식사를 마쳤다.

약 한 사람을 제외하고.

"우물우물……."

아직 식사를 계속하고 있는 것은 다크 엘프 여성.

리셀 씨는 갈색의 긴 귀를 흔들며 기분 좋게 건빵을 먹고 있었다.

"……정말로 잘 먹네."

페르노트 씨가 어이없다는 듯이 한숨을 내쉬었지만, 말이 통하지 않으니까 리셸 씨는 무슨 이야기가 나왔는지 모른다.

빵을 입에 넣은 채로 고개를 갸웃거렸기에 '천천히 드세요'라고 말하자 추가로 빵을 손에 들었다. 아직 더 먹을 생각인가 보다.

"이래서야 식량, 괜찮을까요."

이제까지 몇 번이고 생각한 것을 다시금 입에 담았다.

리셸 씨는 잘 먹는다. 정말 잘 먹는다. 어떻게 저 배에 전부 들어가는지 불명일 만큼, 이상할 정도로 먹는다.

처음에는 다크 엘프가 다들 그런가 싶었지만 아무래도 아닌 모양이었다.

리셸 씨의 말로는, 자신은 남들보다 아주 조금 잘 먹는다고 한다. 응, 조금의 정의는 사람에 따라 다르구나.

"아르제 씨 덕분에 뭐, 어떻게든 될까요."

"흠……. 뭐, 제노 군이 그렇게 말한다면."

여행에 익숙한 행상인의 말이다. 틀린 이야기는 아니겠지.

내가 가진 블러드 박스라는 스킬은 물건을 수납할 수 있는 스킬이다. 그리고 지금 그 안에는 대량의 식량이 채워져 있다.

채워져 있다고는 해도, 스킬 레벨이 최대인 덕분에 용량의 한계는 없지만.

적어도 열 명이 한 달 정도는 먹을 수 있을 만큼 식량을 넣어두었다는 사실은 나도 안다.

그럼에도 매끼 이렇게까지 먹는다면 역시나 불안해진다.

"잘 먹었습니다. 무척 맛있었어요."

주위의 걱정을 아는지 모르는지, 리셀 씨 본인은 예의 바르고 우아하게 인사를 했다.

먹는 양에 걸맞지 않은, 조심스러운 인사였다.

103 준비 시간의 한가한 소녀들

"그런데 리셀 씨의 고향은 어떤 곳인가요?"

해도 저물었을 무렵. 문득 떠오른 의문을 리셀 씨에게 던졌다.

마침 낮잠에서 깨어 저녁 식사가 완성되기를 기다리는 한가한 시간이었다. 리셀 씨의 대화 상대를 할 수 있는 것은 나뿐이니까, 상대의 심심풀이라도 될 수 있다면 좋겠다는 생각에 이야기를 건네 보기로 했다.

마차 구석에 앉아 있던 리셀 씨는 갑자기 내가 말을 건네자 놀란 모양이었다. 다크 엘프의 긴 귀를 파닥 움직이고 말을 잇는다.

"마대륙은 사는 사람 대부분이 아인종…… 데미 휴먼이라고도 불리는 이들이에요. 대륙의 규모는 이곳, 중앙 대륙보다도 훨씬 작아서, 힘 있는 자들이 경쟁하듯이 각자의 영지를 통치하며 나날이 다투고 있어요."

"흠…… 치안은 나쁜 모양이네요."

"예. 부끄럽지만 제 영지도 몇 번이나 침략을 당해서……. 주민들은 다들 강한 다크 엘프니까 괜찮을 거라고는 생각하지만요……."

무사하다면 좋겠는데, 그렇게 점점 꺼질 듯한 목소리로, 리셀 씨는 움츠러들었다.

그녀는 마대륙에서 노예상에게 붙잡혀, 이곳 중앙 대륙까지 끌려왔다고 한다.

리셀 씨는 영지를 통치하는 가문이라고 그러니까 가능한 한 빨리 돌아가고 싶겠지.

"……아. 제 영지는 자연이 풍요롭고, 태양과 바람이 잘 들고, 대지의 혜택도 충분해요. 많은 과일이 열리는, 좋은 곳이에요."

"그런가요. 그건 기대되네요."

"예. 여러분은 제 은인이에요. 최선을 다해 대접할게요."

억지로 기운을 끌어내리려는 것 같은 말이었지만 그래도 리셀 씨는 웃어주었다.

먼저 들러야 할 곳이 있긴 하지만, 빨리 갈 수 있으면 좋겠네. 이야기를 듣기로는, 낮잠을 자기에도 좋을 것 같고.

평화롭지 않은 지방인 모양이니까 내 목적인 '삼시세끼 낮잠 간식 포함으로 보살펴주는 생활'은 달성하지 못할 것 같지만, 관광 정도라면 즐길 수 있겠지. 맛있는 게 있다면 가보는 것도 나쁘지 않다.

"아르제 님의 고향은 어떤 곳인가요?"

되묻듯이 날아든 의문에 어찌 대답해야 할지, 조금 망설였다.

고향이라고 그래도 내 고향은 두 종류가 있으니까.

전생하기 전에 있던, 쿠온 긴지로서의 고향.

전생한 뒤의, 아르젠토 밤피르로서의 고향.

두 고향이 있으니까 어느 쪽을 말해야 할지 망설이고 마는 것이었다.

다만 지금의 나는 아르젠토 밤피르로서 살고 있다. 그렇다면 대답으로는 후자 쪽이 옳겠지.

"제가 태어난 곳은 왕국이에요. 폐허지만요. 전투인지 전쟁인지,

그런 일로 멸망했다고 들었어요."

"그런가요……. 흡혈귀는 고농도의 마력이 의지를 가진 존재니까, 아마도 전투의 잔재로 마력이 풍부했던 거겠죠."

"예. 태어난 장소는 조금 쓸쓸한 곳이었어요. 그래도 왕국 자체는 좋은 곳이에요."

왕국에서 방문한 항구 마을, 알레샤를 떠올렸다.

그곳은 바람이 시원하고, 바다의 냄새가 따뜻하고, 태양이 기분 좋은 땅이었다.

잡히는 물고기는 맛있고, 유통의 중심이라 많은 것이 오가며 항상 떠들썩했다.

왕국의 모든 곳이 그럴 리야 없다는 건 안다. 쿠즈하의 어머니는 살해당했고, 네구세오가 살던 숲은 밀렵꾼의 습격을 받고 있었다.

그럼에도 다시 생각해 보면 많은 추억이 있었다.

만난 사람들, 보았던 풍경, 느꼈던 것.

그것들 모두를 종합해서 나오는 말은, '좋은 곳'이었다.

"……그런가요. 그렇게 웃는 걸 보면, 틀림없이 좋은 곳이겠죠."

"……저, 웃고 있었나요?"

"예. 무척 아름답게, 꽃이 피듯이."

"으—음…… 그런가요."

나도 모르는 사이에 표정이 풀어졌나 보다.

그만큼 좋은 장소에 있었다는 실감은 기쁘지만, 동시에 그렇게 지적을 받으니 부끄럽기도 했다.

얼버무리듯이 시선을 헤매다가 쿠즈하와 눈이 마주쳤다.

쿠즈하는 낮 동안에, 밤에 먹을 것까지 사냥하고 지금은 쉬는 참이었다. 여우 귀를 파닥파닥 움직이며 내게 미소 지었다.

"왜 그러세요, 아르제 씨."

"마대륙에 대해서 조금 물어봤어요."

"그건 저도 신경 쓰이네요. 어머니한테 듣기는 했지만 실제로 어떤 곳인지는 모르는 거예요."

"리셀 씨가 사는 곳은 자연이 풍요롭고 좋은 곳이라고 해요."

"그렇군요. 기대되네요. ……읏!"

담소가 한순간에 긴장으로 바뀌었다.

쿠즈하가 여우 귀를 바짝 세우고 세 꼬리의 털을 곤두세운, 여행을 하는 중에 몇 번이나 보았던 경계의 증거.

쿠즈하는 코를 실룩거리고는 내 쪽을 봤다. 꺼낸 말은 어느 정도 예측이 가는 내용. 적의 습격을 가리키는 말이었다.

"피에 굶주린 짐승의 냄새예요. 저녁 식사 냄새에 이끌린 모양이에요."

"어—……."

여행하면서 이런 일은 몇 번이나 있었다. 그래서 익숙해졌다고는 해도 귀찮은 일임에 변함은 없었다.

몬스터인가 들짐승인가. 어느 쪽이든 진지하게 상대하다가는 저녁 시간이 늦어져 버린다.

아마도 밖에서 저녁 준비를 하고 있는 페르노트 씨와 제노 군은 아직 못 알아차렸다. 이 여행의 멤버 가운데 가장 냄새를 잘

맡는 것은 수인인 쿠즈하다. 주의가 산만하긴 해도 탐지에 있어서는 틀림없이 그녀가 최고라고 할 수 있었다.

그런 그녀가 적이 온다고 했으니, 틀림없이 오겠지. 하아, 귀찮네.

"저녁 식사를 방해해도 성가시니까 상황을 좀 보러 갈까요."

"그러네요. 식전의 준비 운동으로 다녀와요."

"예. 리셀 씨, 쿠즈하가 짐승 냄새가 난다고 그러니까, 잠깐 밖의 상황을 보고 올게요."

"아르제 님. 그런 일이라면 저도 갈게요."

내 말을 듣고 리셀 씨는 몸을 일으켰다.

……이 사람, 싸울 수 있군요?

다크 엘프는 강한 마력을 가졌다는 이야기는 들었고, 리셀 씨가 있는 마대륙에서는 전쟁이 일상적으로 벌어진다나.

그렇다면 그녀도 싸울 수 있다고 생각하는 편이 타당했다. 영주라는 입장이라서 직접적인 전투에 나서지는 않을지도 모르겠지만 그래도 이렇게 이야기하는 이상, 어느 정도는 전투를 할 수 있겠지.

인원이 늘어난다면 그만큼 내가 편해지니까 데려가도 괜찮을 듯했다.

"그럼 리셀 씨도 따라올래요?"

"예, 맡겨 주세요. 얻어먹기만 하는 건 죄송하니까요."

아, 그거 제대로 자각하고서 신경 쓰고 있었구나.

의외의 사실에 놀라면서도, 셋이서 마차에서 내리기로 했다.

104 갈색 혜성

밤의 초원은 차가운 공기로 가득했다. 이동하는 동안에 해가 지고 밤이 찾아왔으니까.

풋내 나는 풀 향기는 밤의 공기로 식어서 낮보다도 강하게 후각을 자극했다.

제노 군과 페르노트 씨에게 이야기를 전하고 셋이서 찾아온 곳은 마차에서 조금 떨어진 장소.

쿠즈하의 말대로라면, 거리가 얼마 남지 않았다는데…….

"제 쪽은 짐승 냄새는 안 느껴지는데……. 쿠즈하, 정말로 이쪽인가요?"

"다른 생물이라면 모를까, 짐승 냄새는 익숙한걸요. 풀 냄새에 잘 숨어 있는 모양이지만 틀림없어요."

그렇구나. 쿠즈하가 그렇다면 틀림없나.

나와 만나기 전부터 사냥으로 생활하던 모양이니까 후각은 신용해도 될 터.

"음——……."

대화를 나누는 우리 옆에서 생각에 잠긴 표정으로 주위를 둘러보는 것은 리셀 씨였다.

경계의 증거로 귀를 세운 쿠즈하와는 대조적으로 파닥파닥 긴 귀를 흔드는 모습은 어쩐지 즐거운 것처럼 보이기도 했다.

"늑대 계열 몬스터네요. 마대륙, 특히 제 영지에서는 그다지 안 보이지만, 교활하게 사냥을 하는 종이에요."

"리셀 씨, 알 수 있겠어요?"

"예, 이미 보고 있으니까요. 안타깝게도 그들은 그다지 맛있다고 할 수는 없네요……."

진심으로 아쉽다는 듯이 리셀 씨는 한숨을 내쉬었다. 아무래도 먹을 생각이 가득해 보였다.

한숨을 내쉰 이유가 안타깝다는 사실은 제쳐두고, 옅은 금발이 밤바람에 휘날리며 달빛을 반사하는 모습은 갈색 피부와 잘 어우러져 아름다웠다. 아무것도 모른다면 무척 환상적인 광경이라 할 수 있었다.

"그럼 리셀리오르 아르크 발레리아. 발레리아 가문 당주로서, 힘을 보여 드릴게요."

보라색 눈을 스윽, 가늘게 뜬 것은 미소가 아니라 집중했기 때문이겠지.

그녀가 가느다란 손가락으로 허공을 퍼 올리듯이 움직이고, 이윽고 하늘 위로 내질렀다. 펼친 다섯 손가락은 허공을 붙잡으려는 것 같아서 어쩐지 환상적이었다.

마력에 뛰어난 종족이니까 역시나 마법을 사용하는 거겠지. 그리 생각하던 내 예상은 단숨에 배신당했다.

"흘러내려라, 하늘의 꽃. 『낙화유혜(落華流彗)』."

말을 자아낸 순간, 바람을 가르는 소리를 거느리고 그것이 왔다.

하늘에서 떨어진 것은 흐르는 물처럼도, 유성의 궤적처럼도 보이는 형태의 활.

리셀 씨의 키 정도는 될 큰 활은 달빛을 반사하여 푸른색으로 빛났다. 살며시 손가락을 싣자 활시위가 달빛 아래 피어나는 꽃처럼 반짝였다.

쿠즈하가 눈을 크게 뜨고, 그것이 무엇인지를 입에 담았다.

"아티팩트인 거예요?"

"이 아이는 부름이 없으면 오지 않으니까 구속 중에는 쓸 수 없었지만…… 이제 그 제약은 사라졌어요. 그럼 아르제 님, 쿠즈하 님. 미력한 재주이나마 모쪼록 잘 봐주시길."

희미하게 미소 짓고 리셀 씨는 초원으로 시선을 돌렸다. 활이 아주 살짝 기운 것은 목표를 노리고 있기 때문인가.

리셀 씨에게 『낙화유혜』라고 불린 큰 활에는 막상 중요한 화살이 매겨져 있지 않았다.

하지만 아티팩트는 특별한 무기. 소유자의 마력을 양식으로 삼아서, 통상적으로는 불가능한 현상을 일으킨다.

"부탁드립니다."

노래하는 것 같은 말을 자아내고, 역시나 아티팩트 특유의 현상이 벌어졌다.

활시위가 밤하늘의 별처럼 빛나고, 이윽고 그 빛이 손끝으로 모여들었다. 금색의 빛이 푸른 활을 비추었다.

조금 떨어져 있음에도 마력이 피부에 느껴졌다. 나타난 금색 화살이, 틀림없이 리셀 씨의 마력으로 만들어졌다는 증거였다.

"마력이 있는 한, 화살이 필요 없는 활이란 이야긴가요……?"

"기본적인 권능은 그래요. 지금은 그걸로 충분하겠죠…… 훗!"

해방된 시위가 마력의 화살을 발사했다.

밤공기를 가르며 유성처럼 빛이 날아갔다.

바람을 가르는 소리와 풀이 흩어지는 소리, 그리고 짐승의 비명이 밤에 울렸다.

"맞았어요······!"

쿠즈하의 말이 들리는 것과 동시에 나도 그것을 이해했다. 밤바람이 짐승의 피 냄새를 실어다 줬으니까.

"먹을 수 있는 것도 아니니 모두 쏴죽일 필요는 없겠죠. 늑대는 현명한 존재. 몇 발만 더 쏘면 스스로 물러나는 방향을 선택할 거예요."

의연한 목소리를 울리며 리셀 씨는 한 번 활을 내리고, 깊이 심호흡. 궁도에서 말하는, '잔심(殘心)'이라는 동작과 닮은 움직임이었다.

"이어서, 부탁드립니다."

또다시 밤에 목소리가 울리고 별이 나타났다.

리셀 씨는 느긋하게 여겨지기도 하는 움직임으로, 확실하게 사격을 거듭했다. 그녀가 활시위를 튕길 때마다 유성이 날아가고 사냥감을 꿰뚫었다.

네 번째 사격을 마치고 슬슬 피 냄새가 짙어졌다고 느껴질 무렵에, 간신히 그녀는 『낙화유혜』를 완전히 내렸다.

"물러나는 모양이네요······. 풀의 흔들림이 멀어지는 게 보여요."

표현을 봐서는, 리셀 씨는 시각으로 늑대들의 움직임을 파악하고 있는 듯했다.

종족적인 것인지, 그녀가 시각 강화의 스킬을 가진 것인지. 어

쨌든 잘 보이는 눈을 가진 모양이었다.

"그들에게는 미안한 일이지만, 육식 짐승의 피 냄새가 있다면 다른 짐승도 다가오지 않아요. 이걸로 식사 중에도 안심이겠죠."

말을 꺼내며 리셸 씨가 큰 활을 들었다.

유선형의 활이 둥실, 홀로 손에서 떨어지고 밤하늘로 떠올랐다.

별이 하늘로 돌아가는 것을 우리는 지켜봤다.

"저 활, 평소에는 하늘에 떠 있는 거예요……?"

"예. 별과 마찬가지로 하늘에 있고, 소유자가 부를 때에만 나타나요. 물론 낮에도 부를 수는 있어요."

"……그거, 어떻게 계약한 건가요?"

아티팩트의 계약은 그것에 마력을 흘려 넣어서 진행된다. 전날나도 경험하여 『꿈의 수련』이라는 칼과 계약을 맺었다.

아득히 하늘에 있는 활에 마력을 보낼 수는 없으니까, 그래서야 계약을 맺지 못할 거라 생각하는데.

그런 내 의문에 리셸 씨는 온화하게 미소 지으며 대답해주었다.

"계약할 때까지는 평범한 활이에요. 자신을 하늘에 두는 것은 계약을 맺은 다음이에요."

"흠…… 그렇군요. 재미있네요."

"예. 평소에는 짐이 되지 않는, 착한 아이에요."

짐이 되지 않는다는 것도 그렇지만, 언뜻 봐서는 무기를 지니지 않는 것처럼 보여도 그 자리에서 소환이라는 형태를 취할 수 있는 것은 강력한 이점이다.

리셸 씨를 처음 만났을 때, 그녀가 말조차 할 수 없도록 구속되어 있던 것에는 그런 이유도 있었을 테지.

"그럼 돌아가죠, 아르제 님, 쿠즈하 님."

"그러네요. 슬슬 식사도 준비되었을 테죠."

"예. 오늘의 메뉴는 쿠즈하 님이 사냥한 산토끼라고 그래서, 참으로 기대하고 있거든요."

"……침을 흘리고 있는데, 이 사람 뭐라고 그러는 거예요?"

"쿠즈하가 잡아온 산토끼가 기대된다고 해요."

"……여덟 마리밖에 못 잡았으니까 적당히 부탁드릴게요."

5인분이라고 생각하면 너무나도 충분한 양이지만, 리셀 씨가 있다면 확실히 적은가. 이 사람, 혼자서 10인분은 여유롭게 먹으니까.

이제까지의 여행과 다른 점을 미묘한 부분에서 다시금 실감하며 우리는 마차로 돌아갔다.

그 후, 리셀 씨가 쿠즈하의 사냥 성과를 전부 해치워 버린 것은 굳이 말할 필요도 없다.

일을 하든지 안 하든지, 연비가 나쁜 다크 엘프였다.

105 시릴 대금고

"후와아~…… 커다라네요!"

쿠즈하의 목소리 크기가 그 건물의 크기를 나타내고 있었다.

여우 귀 소녀와 내가 올려다보는 것은 초원에 자리 잡은, 커다란 그림자라고도 할 수 있을 건축물.

한마디로 말하면 그것은 삼색으로 도색된 피라미드였다.

아래쪽부터 구리, 은, 금의 색깔을 띤 삼색. 이 세계의 통화인 시릴을 의식하고 있다는 것은 간단히 상상할 수 있었다.

"과연, 동 시릴, 은 시릴, 금 시릴이네. 꽤나 눈에 띄는데, 괜찮을까."

"그러네요. 이렇게까지 눈에 띈다면 도적 같은 자들이 노리진 않는 거예요?"

도적이라는 말에 가장 먼저 재밌는 삼인조가 떠올랐지만, 그냥 잠자코 있자. 그 사람들, 지금 어디서 뭘 하고 있을까.

기사와 여우 소녀의 의문에 행상인이 미소로 답했다.

"시릴 대금고는 그곳을 관리하는 정령과 강력한 골렘이 지키고 있어요. 현재까지 금고 파괴에 성공한 자는 없어요. 저도 여기 오는 건 처음이지만…… 길드 선배한테 그렇게 들었어요."

도적이 있는 세계에서, 주위에 도시 하나도 없을 법한 곳이었다.

이렇게 서 있는 시점에서 무언가 장치는 있을 거라 생각했는데, 역시나 방비는 완벽한 듯했다.

"시릴 대금고…… 소문으로는 들었지만 방문하는 건 처음이에요."

어쩐지 설레하는 것처럼 리셀 씨가 즐겁게 중얼거렸다.

그녀의 고향, 바다를 건너서 있는 마대륙에서도 시릴 동전은 유통되고 있다니까 생각하는 바는 있겠지.

반응에 납득하며 나는 자신의 의문을 입에 담았다.

"그런데 이거, 어떻게 들어가죠?"

보아하니 문 같은 것은 없었다. 삼색 피라미드는 마치 완성된 퍼즐 조각처럼 부품이 딱 닫혀 있었다.

내 안개화 스킬이라면 어딘가 틈새로 들어갈 수 있을지도 모르겠지만, 그건 들어가는 방법으로서는 조금 미묘했다. 그래서는 방문이라기보다 침입이 된다.

여기서 동전을 만든다면 완성된 동전을 옮기기 위해서라도 출입할 곳이 존재할 텐데…….

"그건 걱정 없어요. 사전에 연락을 해뒀으니까요."

제노 군이 그리 말하는 것과 동시에, 지면이 흔들렸다.

지진처럼 불규칙적인 게 아니라 어쩐지 질서 있고 규칙적인 진동이었다. 그만 휘청대던 참에, 페르노트 씨가 부축해 주었다.

"아, 유능한 쿠션……!!"

"어디 이야길 하는 거야?!"

가슴 이야기에요, 그리 말하려던 참에 거대한 삼각형이 움직였다.

문이 열리듯이 부속품 몇몇이 안으로 들어가는 것이었다.

진동이 가라앉았을 때, 우리 정면에는 구멍이 뻥 뚫려 있었다. 마차 한 대가 지나가기에는 차고 넘치는 폭이었다.

"굉장하네요……. 무슨 마법인 거예요?"

"기계, 라는 기술로 제어되고 있대."

기계라는 것은 익숙한, 하지만 익숙하지 않은 말이었다.

……이 세계에도 기계가?

내가 전생한 이세계, 다시 말해서 지금 있는 세계는, 이제까지 둘러본 느낌으로는 중세 정도의 문명 수준이었다.

거리는 석조 건물이 많고, 사람들의 모습은 자연에 가깝다. 달리는 것은 차가 아니라 마차다.

사실은 물레방아 따위도 정의하자면 기계라고 할 수 있겠지만, 이렇게 타인의 입으로 기계라는 말을 들으니 조금 위화감이 있었다. 그만큼 이 세계는 문명으로서는 미성숙했다.

신기하게 생각하며 돌로 만든 문을 지나가자 친근한 조명이 비쳤다.

"……이건, 전기?"

천장에서 통로를 비추는 것은 틀림없는 문명의 빛.

태양 같은 온기도 없고 양초나 램프처럼 일렁거리지도 않았다.

명확하지만, 차가운 빛이 비치는 세계.

새하얗게 정비된 바닥은 마치 병원 같기도 하고 신전 같기도 했다.

오랜만에 냄새가 없는 빛을 받고, 조금 마음이 일렁거리기 시작했다. 그리운 것 같은 불안한 것 같은, 미묘한 감각이었다.

호기심 왕성한 쿠즈하만이 아니라 페르노트 씨까지도 주위를 두리번두리번 살펴보는 모습을 보면, 역시나 이런 건 진귀한 존재겠지.

"……오, 왔군요."

제노 군의 시선을 따라갔더니 복도 저편에서 하얀 그림자가 나타났다.

원기둥 모양의 하얀 몸이 인공의 빛을 반사하며 다가왔다.

"골렘…… 그것도 무척 정교한 물건이네요."

리셀 씨가 감탄한 것 같은 목소리를 흘렸다.

그러는 동안에, 골렘은 우리 앞까지 다가왔다.

골렘은 어른의 허리 정도 높이인, 마스코트 같은 모습이었다. 원기둥 모양의 몸에, 머리는 찹쌀떡같이 널찍한 원형. 다리는 짧고 거미처럼 여러 개였다.

머리 위에서 빛나는 라이트가 눈알처럼 보였다.

"이것이 소문으로 듣던 시릴의 골렘인가……. 여러분, 마차는 골렘한테 맡기면 되니까 안으로 들어가죠. 대금고의 정령이 기다리고 있을 거예요."

"대금고의 정령…… 굉장하겠네요!"

"나도 만나는 건 처음이야. 어떤 사람일까."

고개를 갸웃거리는 쿠즈하의 머리를 제노 군이 웃으며 쓰다듬었다. 사이좋은 남매처럼 보여서 흐뭇한 광경이었다.

마차를 끄는 세 마리 말 가운데 네구세오에게 시선을 보냈다. 네구세오가 평소처럼 거칠게 콧김을 뿜으며 말했다.

"그럼 우리는 조금 쉬도록 하지. 아르제, 무슨 일 있다면 불러라."

네구세오와는 언어 번역의 효과로 의사소통이 가능하고, 피의 계약을 맺었다. 간단한 부탁이라면 떨어져 있어도 전할 수 있는 것이었다.

검은 털을 가볍게 쓰다듬어, 그것을 일시적인 이별의 인사로 삼았다.

그렇게 마차를 두고 우리는 다섯이서 복도를 나아갔다.

서늘한 공기가 가득한 복도를 걸어가자 몇 분도 안 되어 탁 트인 곳으로 나왔다.

그곳은 홀 형태의, 넓은 방이라고 부를 수 있을 장소였다. 정면에는 계단이 있고 그 앞으로는 또 통로인 듯했다.

천장에서 비치는 빛은 인공적인 광채로, 홀 구석구석까지 동등한 빛을 뿌리고 있었다.

자연의 냄새나 바람은 느껴지지 않아서 조금 전까지 있던 바깥 세계와는 전혀 달랐다.

마치 다시 한번 이세계에 온 것 같은 감각. 발밑이 아주 살짝, 불안해졌다. 무심코 확인하듯이 시선을 내리고 말았다.

"아르제 님, 무슨 일 있으신가요?"

"……아뇨, 아무것도 아니에요. 신경 안 쓰셔도 돼요."

리셀 씨가 걱정해 줬지만, 이것은 전생한 나밖에 모르는 감각이다. 이야기해 봐야 어쩔 수 없겠지.

적당히 말문을 흐리고 정면으로 돌아봤다. 정면의 계단을 여성이 느긋한 발걸음으로 내려오는 것이 보였다.

구리빛 섞인 붉은 머리를 흔들며 다가오는 것은 특정 부위가 무척 큰 여성이었다.

구체적으로는 가슴이 페르노트 씨 수준으로 컸다. 계단을 내려갈 때마다 출렁출렁, 그런 소리가 날 것 같았다.

키는 그렇게 크지 않다고 생각하지만 가슴이 무척 큰 탓에 묘한 박력이 있었다.

장식이 된 호화로운 지팡이는 금화처럼 눈부시고, 이쪽을 바라보는 눈동자는 은화처럼 빛났다.

"……?"

눈이 마주친 순간에 위화감을 느꼈다.

상대가 은색 눈을 명백하게 부릅떴기 때문이었다. 놀란 것 같은 충격을 받은 것 같은, 혹은── 믿을 수 없는 존재를 본 것 같은.

어쨌든 상대는 나를 보고 무언가를 느낀 모양이었다. 느긋한 발걸음은 점점 빨라져서 어느샌가 뛰어서 내려오는 것 같은 속도로 바뀌었다.

"잠깐, 뭔가 허겁지겁 내려오는데, 저거 괜찮아?! 막을까?!"

"페르노트 씨가 막으면 서로 반발해서 날아가지 않을까요?"

"무슨 이야길 하는 거야?!"

"그보다도 저 사람, 아르제 씨한테 뛰어들려고 하는 거예요—?!"

아, 정말이다.

"하뮤?!"

자각한 순간에, 상대가 뛰어들었다.

짓누르는 것이 아니라 고양이가 사냥감을 덮치듯이 위에서 끌어안았다. 한순간 얼굴을 가슴에 파묻혔다.

얼굴이 파묻혔다고 생각한 것은, 역시나 페르노트 씨와 같을 만큼 크다는 의미였다. 탄력 있는 것에 입과 코가 막혀서 호흡이 힘들었다.

"허허혀후혜요."

떨어져주세요, 그렇게 미처 말을 이루지 못하는 소리를 꺼내고 상대의 몸을 밀어냈다.

아주 조금 밀려난 상대는 지근거리에서 눈물을 글썽이고 있었다. 전혀 영문을 모르겠다. 행동의 의미도 눈물의 이유도, 전혀 알 수가 없었다.

"……시릴!"

"후에?"

이해하지 못하고 정지한 머리에 더더욱 의미 불명인 말이 겹쳐졌다.

시릴이라면 동전의 이름이라는 건 알고, 그것을 고안한 사람의 이름이기도 하다는 이야기는 들었지만…….

"시릴! 시릴이 돌아왔어……. 기다렸어, 시릴!! 계속, 계속……!"

"자, 잠깐만요. 제 이름은 시릴이 아니라 아르젠토 밤피르라고 해요."

영문을 모르겠지만 일단 부정의 말을 건넸다.

나는 시릴 씨가 아니고 상대도 모른다. 무슨 생각을 하는지 모르겠지만, 어찌 생각해봐도 착각이다.

하지만 상대는 내 말을 다시 부정했다. 또다시 나를 끌어안고 감격에 차 있다.

"아니, 너는 틀림없이 시릴이야! 잊었을지도 모르겠지만, 내가 잘못 봤을 리가 없어!"

"잊었어……?!"

"자, 이걸 봐!"

끌어안긴 상태에서 풀려나고, 손가락이 가리킨 방향으로 돌아봤다.

등 뒤의 벽에 걸린 것을 본 순간, 나는 말을 잃었다.

그리고 그것은 나 말고도 마찬가지였다. 모두가 벽에 있는 것을 보고 움직임을 멈췄다. 리셀 씨만큼은 말을 모르니까 어떤 표정을 띠고 있는지 불명이지만 그것을 신경 쓸 여유는 없었다.

"아르제 씨, 인 거예요……?!"

한 박자 빠르게 정지에서 복귀한 쿠즈하가 깜짝 놀란 목소리를 흘렸다.

벽에 걸린 그림. 그림 속에서 의자에 앉아 미소 지은 소녀는, 확실히 친숙한 얼굴이었다.

머리카락의 색깔은 황갈색이고 눈 색깔은 금색. 하지만 얼굴은, 머리카락 길이는 그야말로 나와 판박이.

액자 테두리에 적힌 이름은 아르젠토 밤피르가 아니라──.

"──시릴 아케디아……?"

"그래, 그렇다고! 어서 와, 시릴!"

다시 한번, 감격에 겨워서 나를 내가 아닌 이름으로 부르며, 대금고의 주인은 나를 끌어안았다.

나와 닮은 누군가. 누군가와 닮은 나.

아직 제대로 이해하지 못한 나는 그저 그녀가 움직이는 그대로 따를 수밖에 없었다.

106   너는 나와 닮았다

시릴 대금고, 중간층.

우리는 손님을 위해 준비되어 있다는 큰 방에 모여 있었다.

"……어떻게 된 거야, 저건."

페르노트 씨가 곤혹스럽다는 목소리를 흘렸지만 그에 대답할 수 있는 사람은 없었다. 당사자인 나 자신도 어찌 된 영문인지 알 수 없었다.

시릴 씨와 내가 닮았다──로 끝내기에는 머리카락과 눈 색깔, 복장을 제외하면 우리의 외모는 거의 동일했다.

굳이 차이점을 들자면 그려져 있는 시릴 씨의 오른쪽 눈 아래에는 작은 눈물점이 있다는 것 정도일까.

페르노트 씨와 똑같이 복잡한 표정으로 쿠즈하가 신음했다.

"으음…… 정말로 판박이였어요……. 쌍둥이 자매라고 그래도 믿을 수 있겠어요."

"게임의 2P 컬러 같았죠."

"이—피—?"

"어, 아뇨. 아무것도 아니에요. 신경 쓰지 마세요."

안 되지. 생각하는 것을 그만 그대로 흘려버렸다.

머릿속을 정리하면서 잠시 생각해 봤다.

시릴 씨와 내가 무척 닮은 것은 틀림없는 사실이었다.

너무나도 닮은 나와 그녀. 이건 대체 어찌 된 영문인가.

전생하기 전에 이것저것 설명해준 신의 사자──로리 영감님이 전혀 설명해주지 않았다는 걸 생각하면 우연이라고 결론짓는 게 자연스럽지만……. 우연이라는 말로 단정 짓기에는, 지나치게 닮았다.

무언가 관련은 있을 테지만 그게 뭔지 알 수 없었다. 모두의 망설임을 비웃는 것처럼 인공적인 빛이 방을 비추었다.

"아르제 씨, 언니가 있었던 거예요?"

"흡혈귀는 애당초 자연 발생형인 데미 휴먼이니까 육친이라는 건 존재하지 않아, 쿠즈하."

"아…… 그러네요."

제노 군이 말했다시피 흡혈귀에게 혈육은 없다.

있다면 피의 계약 스킬을 통한 인연이지, 누군가에게서 태어나는 존재가 아니다.

공화국 수도, 사쿠라노미야에서 카페를 운영하고 있는 사츠키 씨와 아이리스 씨는 같은 성을 사용하고 있지만, 그건 기분을 낸다고 할지, 삶의 방식으로서의 가족이라는 증표였다.

내게는 그런 것을 맺은 상대는 없다. 있다면 그 사람이 보살펴주겠지.

"……여하튼 여기서 나갈 수 없다는 건 곤란하네."

페르노트 씨가 말했듯이 지금 우리는 사실상 감금된 상태였다.

나를 시릴이라 부르는 대금고의 관리인이 입구를 막아버렸기 때문이다.

"시릴은 당연히 여기 있어야지, 여기는 시릴의 집이니까. 다른 사람은 나갈 거라면 마음대로. 시릴의 친구라면 체류를 환영할게."

그것이 관리인의 명분인데, 나는 시릴 씨가 아니니까 그저 곤란할 따름이었다.

마대륙으로 가기 위해 내가 가진 상선 피스케스 호를 사용할 예정이었다.

피스케스 호는 내가 가진 수납 스킬인 블러드 박스 안에 있다. 다시 말해 내가 여기서 떠날 수 없다면 다른 사람들도 나가서는 안 된다.

반대로 나 혼자라면 어떻게든 도망칠 수 있을 것 같으니까, 먼저 모두를 보낸 다음에 합류하는 것도 괜찮겠지만…….

"……잃어버린 사람이 돌아왔다, 인가요."

그녀에게 벌어진 일을 생각하면 몰래 도망쳐 버리는 건 마음에 걸린다는 게 솔직한 심정이었다.

그 사람의 눈물도, 기뻐하는 목소리도 틀림없이 진짜였다.

설령 착각이라고 할지라도 그녀가 정말 진심으로 기뻐하고 있다는 것 정도는, 둔감한 나라도 알 수 있었다.

내 주위에서도 틀림없이 그걸 아니까 아무도 '내버려 두자'라고 말하지는 않는 거겠지.

특히 쿠즈하가 무척 얌전한 것은 자신과 상대를 겹쳐서 보고 있기 때문일지도 모른다.

그녀도 어머니라는, 소중한 사람을 잃었던 것이다. 나는 그것을 내 눈으로 보고, 그 인연으로 지금 함께 있다.

"……저기, 무슨 문제가 있나요?"

단 하나, 말이 통하지 않아서 상황을 모르는 사람이 의문을 던졌다.

이 중에서 유일하게 다른 언어로 이야기하는 다크 엘프 여성, 리셀 씨였다.

고개를 갸웃거리고 귀를 파닥파닥 움직이는 모습은 소녀같이 사랑스러웠다.

그런 그녀에게 모두 시선을 향했지만, 무슨 소리를 하는지 모르니까 곤란하다는 듯 시선을 헤맸다.

의사소통이 가능한 것은 나뿐이니까 설명을 위해 입을 열었다.

"문제가 좀 발생해서, 조금만 더 이곳에 있게 됐어요."

"……그런가요. 알겠어요."

리셀 씨가 동요한 모습을 드러낸 것은 불과 한순간이었다.

한숨과 귀의 흔들림만을 순간 드러내고, 평소처럼 미소를 지어 보였다.

빨리 돌아가고 싶다는 마음을 억누르고 우리를 우선시했다, 그런 의미였다.

……어떻게 할까요.

도망쳐 버리는 것도 느긋하게 있는 것도 힘겨운 상황이 되어버렸다.

그렇다고 해서 대금고의 정령한테 정면으로 설명해서 이해를 구하는 건 어려울 듯했다.

조금 시간을 두고 진정되면 또 다를까.

그런 식으로 생각하는 사이, 문이 열렸다. 들어온 것은 사람이 아니라 둥근 몸을 가진 하얀 모습. 골렘들이었다.

매직 핸드 같은 두꺼운 두 손가락으로 끼워서 들듯이, 그들은 쟁반을 들고 있었다. 그 위에 있는 것은 각양각색의 요리였다.

고기, 생선, 채소. 밥도 있고 빵도 있었다. 수십 종류나 되는 요리가 테이블에 놓였다.

어디선가 본 적이 있는 요리부터 본 적 없는 요리까지. 마치 팔레트에 물감을 바른 것처럼 화려한 광경이었다.

"……그러고 보니 슬슬 점심때였나요."

"무, 무척 호화롭네요……."

"무척이라고 할까, 완전히 터무니없게 호화롭네. 왕국의 파티에 불려갔을 때도 이렇게까지 나오지는 않았어."

"……내 식비 몇 달 치일까, 이거."

"제노 씨, 상인다운 계산이네요……."

"아니, 이러고서 돈이라도 내라고 그러면 곤란할 것 같아서."

"관리인의 태도를 보기에는 괜찮지 않을까."

"하지만 아르제 씨는 시릴 씨가 아니잖아요? 그걸 이해한 뒤에, 다시 요구할 경우를 생각하면——."

"——우물우물."

"아니, 벌써 먹고 있어?!"

"우물?"

우리 대화를 전혀 이해하지 못하는 시릴 씨가 선수를 쳤다. 그렇다기보다 이미 두 번째 접시를 받고 있었다.

말을 모른다고는 해도 제노 군의 큰소리에 놀랐을 테지. 리셀 씨는 밥그릇으로 시선을 떨어뜨렸다가 제노 군을 보는 움직임을 몇 번 반복하고는 말을 꺼냈다.

"이건 마대륙에서도 재배되는 질 좋은 쌀이네요. 폭신한 식감과 고급스러운 단맛이 특징이에요."

아니, 그게 아니지.

딴죽을 걸어야 할까 생각했지만, 뺨에 커다란 밥알을 묻히고서 어째선지 득의양양한 표정으로 설명하는 리셀 씨를 봤더니 그런 생각이 사라졌다.

리셀 씨를 제외한 모두가 번역을 청하며 내게 시선을 보내는 가운데, 나는 한숨을 내쉬었다.

"독은 안 들어 있다는 모양이에요. 맛있겠네요."

모두가 체념한 표정으로, 묵묵히 자리에 앉았다. 나와 마찬가지로 딴죽을 거는 게 귀찮아졌을 테지.

일단 이미 손을 대고 말았으니까 나도 먹어버릴까. 그렇게 생각한 참에 누군가 손을 잡아당겼다.

"어, 으음…… 뭔가요?"

내 손을 차가운 기계의 손으로 붙잡은 것은 골렘 한 대였다.

눈동자의 역할을 맡고 있는 것으로 여겨지는 심홍색 빛이 나를 응시했다.

"……죄송해요, 절 부르는 모양이니까 잠깐 다녀올게요. 가능할 것 같다면 설명하고 올게요."

"아르제 씨, 혼자서 괜찮나요? 저도……."

"아뇨, 제노 군은 여기 있어요. 상대도 그러는 편이 더 기쁠 거라 생각하니까."

상대는 나를 시릴 씨라 생각하고 있다. 나만 불렀다는 것은 다시 말해 '시릴 씨랑 단둘이서 이야기하고 싶다'라는 의미였다.

착각이라고는 해도 그 마음은 이해할 수 있었기에 찬물을 끼얹는 것은 꺼려졌다. 지금은 순순히 따르기로 하자.

슬슬 졸리기도 하고 식사는 아쉬웠지만, 꾹 참고서 골렘을 따라가기로 했다.

107 그리고 누가 그곳에 있나

대금고의 주인이 있는 곳은 예상대로 피라미드의 상층부로, 걷는 것에도 질렸을 무렵에 간신히 방에 도착했다.

"여기 있군요?"

문 앞에 서서 물어보자 골렘은 아무 말 않고 내게서 떨어졌다. 보기에는 입이 없으니까 대답은 못하겠거니 생각했지만.

남겨진 나는 일단 눈앞의 문을 두드리기로 했다.

가벼운 소리가 두 번 울리고, 잠시 후에 들어오라는 목소리가 돌아왔다. 익숙하지 않았지만, 틀림없이 아까 들은 목소리였다.

허가는 얻었으니까 문손잡이를 돌리고 방으로 발길을 들였다.

방은 그다지 넓지는 않아도 구석구석까지 정리 정돈이 되어 있었다. 가구는 많지도 적지도 않게, 옅은 복숭아색의 조합으로 갖추어져 있었다.

여자아이다운 방이네. 그런 생각을 하며 방의 주인을 찾아봤더니 그녀는 침대에 앉아 있었다.

상대가 미소로 내게 손짓을 했기에 순순히 다가갔다.

"어—…… 저를 불렀나요, 페르노트 씨 수준의 사람."

"누구?! 그리고 수준이라니 뭐가?!"

"아, 죄송해요. 이름을 모르니까 그만……. 왕가슴 정령님이라든지 그쪽이 나았나요?"

"직선적으로 던졌어……?!"

알기 쉬운 이름은 중요하다고 생각한다. 내 이름도 은색과 흡혈귀라는 의미니까.

어쨌든 이름을 못 들었으니까 어떻게 부르든 어쩔 수 없다고 생각하는데.

"잊어버렸다면 몇 번이든 가르쳐 줄게. 내 이름은 이그지스터. 대금고의 정령으로, 네가 만들어 낸 존재야."

"아―…… 그런가요."

여전히, 나를 완전히 시릴 씨라 착각하고 있는 모양이었다.

이그지스터 씨는 참으로 기뻐하는 미소로 자기 무릎을 두드렸다. 이리 온, 그런 의사표시임은 명백했다.

지금은 상대의 기분을 거슬러도 어쩔 수 없으니까 순순히 머리를 얹었더니 애지중지하는 손놀림으로 쓰다듬었다.

올려다본 상대의 표정은 다정한 미소. 죄책감마저 느껴질 만큼 행복해 보이는 얼굴이었다.

"후후후, 시릴 머리카락, 오랜만이야……."

"……저는 시릴 씨가 아니에요. 머리카락 색깔도 눈 색깔도, 다르잖아요?"

"그렇지 않아. 조금 변하기는 했어도 시릴은 틀림없이 시릴이야."

어째서 이런 식으로, 근거도 없이 자신만만할 수 있을까.

곤혹스러워하는 사이, 상대는 즐겁게 이야기를 시작했다.

"설령 조금 다를지라도 이 얼굴, 머리카락의 감촉, 냄새. 틀림없는 시릴이야. 나는 시릴에게 창조되었어. 그러니까 내가 시릴이라고 하면 너는 틀림없이 시릴이야."

"……저는 아르젠토 밤피르예요."

"이름을 잊었으니까 그렇게 붙인 거겠지? 하지만 이제 시릴이라고 해도 돼. 너는 시릴이니까."

아니다.

나는 틀림없이, 시릴 씨가 아니다.

이 몸이, 마음이 모든 것을 기억하고 있다.

쿠온 긴지로서 산 기억도 아르젠토 밤피르로서 살아있는 기억도, 제대로 내 안에 있다.

그리고 그 안에 시릴 아케디아로서의 기억은 없다.

이렇게 누군가에게 무조건적으로 사랑받은 기억 따윈, 가지고 있지 않다.

"……저는 시릴 씨가 아니에요."

중얼거리듯이 흘린 말은 스스로도 놀랄 만큼 단호했다.

말을 건넨 상대, 이그지스터 씨는 내 말에 은색 빛을 내는 눈을 크게 떴다.

하지만 그것은 한순간. 눈빛은 금세 다정하게 바뀌었다.

"응, 잊고 있는데 억지로 떠올릴 일도 아니지. 여기서 한동안 생활하면 언젠가 떠오를 거야."

안 된다, 이 사람. 전혀 이야기가 통하지 않는다.

조금 맥이 빠졌다고 할까, 포기하고 도망치는 편이 나을 것 같았다. 어떻게 할까, 이거.

"흐먀……?!"

내 생각을 전혀 이해 못 하는지 상대가 나를 안아들었다.

갑작스러운 일에 놀랐지만, 상대는 평범한 인간이 아니라 정령이다. 겉보기보다 힘이 강한 건 당연한가.

갑작스러운 부유감에 당황한 사이, 그녀는 나를 땅바닥에 내려놓았다.

어찌된 영문일까 싶어서 올려다봤더니 상대는 즐겁게 웃고 있었다.

"응, 그럼 일단 조금씩 떠올릴 수 있도록 여길 둘러보자! 여긴 시릴이 만들었으니까 틀림없이 떠올릴 단서가 될 거야!"

"어, 잠깐……?!"

그런 말과 함께 손을 붙잡고는 끌어당겼다.

갑작스러운 행동에 당황한 사이에도 상황은 진행되었다. 상대는 내 팔을 잡아당기며 방문 앞까지 척척 걸어갔다. 순식간에 복도로 끌려 나왔다.

"우선은 시릴의 방부터일까, 깨끗이 그대로 뒀어. 아, 그리고 이 방, 어떨까. 시릴은 항상 나한테 조금 더 생활감을 드러내라고 했으니까 이것저것 가구를 갖춰 봤거든!"

"어, 으—음, 괜찮지 않나요."

"그런가! 다행이야! 그럼 가자!"

진심으로 기뻐하며 상대는 내 손을 꾹꾹 잡아당겼다.

아무리 그래도 뿌리칠 수는 없었기에, 상대에게 끌려가듯이 걷는 모양새가 되었다.

"하아……."

"응? 왜 그래, 시릴. 피곤하다면 내일 할까?"

"어―…… 아뇨, 괜찮아요. 일단 가죠, 이그지스터 씨."

"씨라고 부를 필요 없어. 시릴은 내 창조주이고 친구니까!"

……이래서야 착각을 정정하는 건 간단하지 않겠는데요.

그만큼 그녀에게 시릴 씨라는 존재가 컸을 테지.

하지만 이렇게 몇 번이나 시릴이라고 불리면 나 자신이 불안해진다.

나는 정말로 아르젠토 밤피르가 맞을까, 그런 생각이 떠오르고 만다.

어쩌면 나는―― 시릴 씨가 본래 되어야 할 존재를 대신 차지해버린 게 아니냐고.

이세계 전생이라는 개념이 있는 상황이다. 같은 세계 안에서 전생이 벌어져도 이상하진 않다고 생각했다.

혹시 그곳에서 본래 태어날 존재가 시릴 씨이고, 내가 그것을 뺏어버린 거라면.

나는 그녀에게 무슨 말을 하고, 어떻게 해야 하는 걸까.

"……모르겠어."

"길을 모르겠어? 괜찮아, 내가 제대로 시릴을 안내할게!"

"아……. 그러네요. 부탁드려요, 이그지스터."

붙잡힌 손과 말에 더는 부정으로 답할 수가 없어서 나는 그저 따르고 말았다.

그녀에게 무슨 말을 해야 할까, 어떻게 해주어야 할까.

그 대답은, 곧바로 찾을 수 있을 것 같지 않았다.

108 아가씨는 자유인

"그렇군요, 여긴 서고네요."

곁에 아무도 없다는 것을 알면서도 자연스럽게 말을 흘리고 말았다.

오른쪽을 봐도 왼쪽을 봐도 위를 봐도 책. 발레리아의 저택에도 이런 수준의 장서는 없다.

애당초 마대륙은 책이 적다. 전쟁이 자주 발생하기 때문에 파괴에 따라 소실되는 경우가 많아서 책은 귀중한 존재였다.

"실례할게요."

발레리아 가문의 숙녀로서 제대로 인사와 말을 건넨 다음에 발길을 들였다.

문을 지나자 오래된 종이가 가진 독특한 냄새가 코를 간질이고, 여기가 서고임을 강하게 실감했다.

한동안 고향에서는 좀처럼 접촉할 기회가 없는 역사를 느끼고 있었더니 귀여운 목소리가 들렸다.

"──!"

"어머. 으음…… 쿠즈하 님이시군요."

아직 조금 애매하기는 하지만, 사랑스러운 여우 귀를 가진 이 소녀의 이름은 쿠즈하 님이다.

직접 말이 통하지는 않더라도 여정을 함께 해주시는 분들의 이름은 아르제 님에게 배웠다.

황금색 털은 끝으로 가면서 갈색과 섞여 무척 아름다운 조합. 무심코 만지고 싶어지지만, 말이 통하지 않는 상대가 갑자기 접촉해도 무서우리라 생각해 자제했다.

"――! ――!"

쿠즈하 님은 필사적으로 내게 무언가를 전하려고 해주었다.

하지만 안타깝게도 나로서는 상대가 무슨 말을 하는지 이해할 수 없었다. 손짓 발짓이 무척 사랑스럽다고, 그런 생각을 하는 정도였다.

……언어가 다르다는 것은 불편한 일이네요.

공화국에서 사용되는 말과 우리가 사용하는 말은 다르다.

마대륙의 다크 엘프는 고대 정령 언어라는 것을 사용한다. 이건 머나먼 과거에 멸망한 정령종이 사용하는 언어로, 엘프와 다크 엘프는 그 정령들과 깊이 관련이 있었다고 한다.

이미 내 아버지나 어머니, 조부모님도 모를 정도로 과거의 일. 그럼에도 떠난 정령들을 잊지 않겠다는 의미로 다크 엘프는 고대 정령 언어를 소중히 다루고 있다.

그 사실은 다크 엘프의 한 사람으로서 자랑스럽게는 생각하지만 이럴 때는 역시 불편하다.

고대 정령 언어가 통하는 것은 엘프나 다크 엘프, 혹은 그것을 알고 있는 지극히 일부의 유별난 사람뿐.

걱정해주는 건 알겠지만 그에 무어라 대답할 수가 없는 것은 조금 안타까웠다.

"미안해요, 아무래도 걱정을 끼친 모양이네요."

통하지 않는다는 건 알면서도 말을 건네는 것은, 최소한의 매너, 혹은 마음가짐 같은 것이었다.

……아르제 님이 있다면 전할 수 있었을 텐데요.

지금 아르제 님은 용건이 있다는 모양이라 우리한테서 떨어지고 말았다.

자세한 설명은 못 들었지만 무언가 이유가 있다는 사실은, 그분의 표정을 보면 헤아릴 수 있었다.

그래서 나는 대화 상대가 없는 건 지루하다는 생각에, 가볍게 탐색이라고 할까 탐험 기분으로 여기까지 걸어왔다.

오래된 책 가운데는 고대 정령 언어로 적힌 것도 있으니까 그걸 찾아보자. 시간 소비에는 딱 적당하다.

"어머, 쿠즈하 님도 독서를 하시나요?"

나보다도 작은 키의 소녀가 옆에 서서 책장으로 손가락을 뻗었다.

이윽고 그것은 나로서는 이해할 수 없는 언어로 적힌 제목의 책에 멈추고, 뽑는 동작이 되었다.

적당한 두께와 표지에 그려진 온화한 느낌의 풍경화를 보아하니 소설 같은 책일까.

책을 읽는 것은 좋은 일이다. 게다가 말이 통하지 않더라도 같은 장소에서 같은 행동을 공유해주는 것은 무척 기쁘다고 생각했다.

……공화국어 지도서라도 찾을 수 없을까요.

적어도 간단한 의사소통이 가능하다면 서로가 더욱 편하게 지낼 수 있다. 조금이나마 아르제 님의 수고를 더는 일도 되겠지.

어차피 심심풀이라면 유익한 시간을 보내자. 그리 결론짓고 나는 책장 안에서 읽을 수 있는 글자를 건져냈다.

"흠,『오늘부터 할 수 있다! 그 사람의 마음을 붙잡는 레시피』……
『최신 가구 고르기』……『정령과의 대화가 재밌어지는 적절한 말 백
가지』……『멋진 과거 유적과 고대 정령의 관계』…… 잡다하네요."

조금 신경이 쓰인 것은『최신 가구 고르기』일까.

책을 손에 들고 뒤표지를 보니 이 책이 적힌 연대가 적혀 있었
고, 그것은 지금으로부터 500년 정도 전이었다.

500년 전은 최신이라는 말과 거리가 멀지만, 시간은 흐르는 것
이다. 고대 정령 언어로 적혀 있는 시점에서 예상은 했기에 놀랍
지도 않았다.

500년 전의 유행에는 개인적으로 흥미가 샘솟았지만 아무리
그래도 너무 취향을 탄다. 하지만 일단 확보해 두자.

이렇게 살펴보니 잡다한 가운데서도 어느 정도 경향이 있었다.
그것은 이 방을 도서실로 만든 사람의 마음이 엿보이는 것 같아
서 조금 즐거웠다.

"정령 계열과 생활 계열이라고 하면 되겠네요."

특히 고대 정령에 관련된 것이나, 그들과의 대화나 접촉 방법
에 대한 것. 그리고 식사나 가구 등 생활에 가까운 것이 많은 비
중을 차지하고 있었다.

……정령과 살아가는 방법을 모색했던 걸까요?

이런 책들은 비교적 가까운 위치에 놓여 있었다.

책을 건드려 보고 안 것은 손때를 제법 탔다는 사실이었다. 까
끌까끌한 감촉은 몇 번이나 펼치고 손가락이나 책상에 닿은 증거.

책을 소중히 대하지 않은 것은 아니다. 숨 쉬듯이 펼쳐봤기에 느껴지는, 오래된 종이의 감촉.

손가락에 닿은 그것을 기분 좋게 여기고, 신경이 쓰인 것을 꺼내어서는 테이블에 쌓았다.

"······?"

책을 뒤지는 내 손가락이 어느 지점에서 멈췄다.

위화감을 느낀 것은 손가락에 닿은 감촉 탓이었다. 책이 아닌 딱딱한 감촉이 있었다.

그 감촉을 뽑으려고 해봐도 책은 움직이지 않았다. 겉보기에는 평범한 책인 것 같지만 다른 무언가임에는 틀림없었다.

"······뽑는 게 안 되면 밀어보죠."

의문 그대로 슥 밀어봤더니 책등이 천천히 들어갔다.

달각, 그런 딱딱한 소리가 조용한 방에 울리고, 잦아들었다.

"──?!"

"움직이는 것 같네요."

쿠즈하 님이 무슨 말을 하는지는 여전히 불명이지만 그것이 놀란 심정에서 나왔다는 것은 알 수 있었다.

드륵드륵. 드륵드륵. 시계의 태엽을 감는 것 같은 소리가 나고, '책장이 움직였다'.

책장 몇 개가 몸을 움직이고, 그 뒤에는 구멍이 뻥 뚫린 것이었다.

"숨겨진 방······ 톱니바퀴의 조합일까요······. 으─음, 썩 이해가 안 되네요."

마력의 흐름은 느껴지지 않았으니 오래된 마법적인 은폐는 아니었다.

다크 엘프는 철이나 톱니바퀴 같은 기술보다도 마법이나 정령을 존중하는 경향이 있다. 나도 그건 마찬가지라서, 눈앞에서 벌어진 일이 어떤 구조에 따른 것인지 이해가 미치지 않았다.

그럼에도 무언가의 이유로 이 방이 숨겨져 있는 것은 알 수 있었다.

그렇지 않다면 이렇게 감출 필요가 없다. 그건 기술적인 것이 아니라 이 대금고를 지은 사람의 심정적인 것이다.

……우리 집에도, 있는 거네요.

발레리아의 저택에도 이런 식으로 숨겨진 장소는 있다.

비상용 탈출로나 우리 어머니가 비상금을 감추기 위해 만들었던 작은 방 따위가 그렇다. 떠올리니 어쩐지 그립네.

"……마력의 잔재는 안 느껴지지만…… 조심해서 나아가 볼까요."

마법을 이용한 함정이 설치되어 있는 느낌은 없었다. 하지만 마법을 사용하지 않은 함정이라면 당연히 마력은 느껴지지 않는다.

그런 것을 찾는 일은 솔직히 별로 특기가 아니다. 적어도 이 눈을 올바르게 사용할 수 있도록 불빛을 밝히는 편이 낫겠지.

"이 손끝에, 길을 비추는 빛을—— 밝혀 주시길."

말을 자아내어 마력을 이용한 불빛을 만들어냈다.

따뜻한 빛이 비춘 것은 돌로 정비된 통로와 안쪽의 계단.

이 도서관이 있는 곳은 중간층이니까 계단은 아마도 아래층으로 이어지는 길이겠지.

"후후. 모험 소설 같아서 살짝 두근두근하고 마네요. 쿠즈하 님은 어떻게 하시겠어요?"

"───."

"……무슨 말인지는 모르겠지만, 따라오신다는 걸로 이해하면 될 것 같네요."

꼬리를 흔들며 이쪽으로 걸어오는 쿠즈하 님의 눈은 반짝반짝 빛나고 있었다.

말은 안 통해도 그것이 들뜬 기분을 가리킨다는 건 어찌어찌 이해할 수 있었다.

살랑살랑 흔들리는 꼬리가 통로의 먼지를 피워 올리는 모습을 바라보며, 나는 입을 열었다.

"그럼 살짝, 탐험해 볼까요."

영지 주민들은 걱정이지만 지금은 초조하게 굴어봐야 어쩔 수 없다.

그렇다면 기왕 들른 김에 모험을 즐기는 것도 나쁘지 않을 테지.

선물 삼아서 해줄 이야기를 늘려 보자는 생각으로, 나는 비밀 통로로 발을 들였다.

"그리고 시릴은 이 골렘을 만들었을 때에 '귀엽지'라고 그랬는데, 그 무렵의 나로서는 전혀 귀엽게 안 보여서 있지."

"아하, 그랬나요."

"응응. 그게 말이지, 그들은 몸은 둥그런 주제에 들썩들썩 움직이니까. 귀엽다기보다는 신종 곤충 같아서, 조금."

"아, 그건 어쩐지 알 것 같네요."

"그 말을 했더니 '귀여우니까 됐잖아, 게다가 단차를 올라가는데 바퀴로 할 수 없었으니까!'라며 얼굴을 새빨갛게 물들이고 화냈어."

"아—…… 그런가요."

"그 무렵에는 몰랐지만 시릴을 기다리는 동안에 계속 그들과 살면서 생각했어. ……익숙해지면 귀엽게 보인다고."

"미묘하게 타협한 귀여움 아닌가요, 그거."

일단 딴죽을 걸어 봤지만 전혀 안 듣고 있는 모양이었다.

이그지스터는 정말로 기쁜 듯이 시릴 씨에게 이야기를 건넨다.

정확하게는 내 얼굴을 보고, 그것을 시릴 씨라 착각해서 계속 이야기한다.

……상대하는 건 지쳤어요.

대화가 되는 것 같으면서, 전혀 되지 않는다.

내가 무슨 말을 해도 상대는 나를 시릴 씨로 대하니까 대화가 올바르게 성립되질 않는 것이었다.

상대로서는 나── 시릴 씨가 옛날 일을 떠올릴 수 있도록 이야기하는 걸 테지만, 나는 시릴 씨가 아니다.

추억의 수취인을 착각하고 있으니까 상대의 행위는 헛수고였다.

그럼에도 상대는 내가 시릴 씨라 믿고, 계속 말을 건넸다.

"그래그래, 목욕탕도 증축했어. 둘이서 들어가기에는 조금 좁았으니까. 지금이라면 둘은커녕 스무 명이라도 들어갈 수 있어. 증축한 건 골렘이라 내 공훈은 아니지만."

"어─, 넓은 목욕탕인가요……. 좋겠네요."

"그렇지?! 시릴이 돌아오면 놀라게 해주자고 계속 생각했어! 거기 복도로 가면 바로 나오니까, 뭣하면 지금부터라도── 음?"

잔뜩 들뜬 상대의 움직임이 문득 멈췄다.

무슨 일일까 생각하는데, 이그지스터는 떨떠름한 표정으로 입을 열었다.

"……미안해, 시릴. 문제가 좀 생겼어."

"무슨 일인가요?"

"뭐, 자주 있는 일이야. 도적이 밖에서 소란을 피우는 것뿐이야."

"도적이라니…… 삼인조 도적이라든지?"

"아니. 숫자는 좀 더 많을까……. 자주 있거든, 옛날부터. 그보다 더 옛날부터, 도적의 침입을 허락한 적은 없어."

그만 지인 중에 있는 대머리와 다리털과 코털 도적 삼인조를 떠올렸지만, 역시나 아닌 모양이었다.

그 세 사람은 확실히 떠들썩하고 재미있지만 바보가 아니다.

아무리 그래도 여길 정면으로 쳐들어오지는 않겠지.

지인을 생각하는 사이, 이그지스터는 품에서 금화 하나를 꺼내어 그것을 공중으로 던졌다.

딱딱하고 가벼운 소리가 공간으로 녹아들었다.

"읏……?!"

금화는 튕기는 소리와 함께 한 줄기 빛이 되었다.

갑작스러운 일에 무심코 눈을 감은 것은 한순간. 그리고 그 시간만으로 그녀의 손 안에 금색 지팡이가 현현했다.

처음 그녀를 봤을 때에도 들고 있던 금 지팡이. 밑동이 바닥에 딱, 울렸다.

"아티팩트, 『울려 퍼지는 금화수(金貨樹)』. 가볍게 이슬을 털어내고 올게."

은색 눈을 가늘게 뜨고, 이그지스터는 내게서 등을 돌렸다.

구리 동전처럼 선명한 적발이 멀어지는 것을 지켜보고 나는 한숨을 내쉬었다.

"……피곤하네요."

솔직히 지금 당장 여기서 드러누워 잠들어 버리고 싶었다.

아르제가 아닌 누군가의 이름으로 부를 때마다 무언가 불편한 것이 발밑을 간질였다. 이건 거북한 감각이다.

필요 없다는 말을 듣는 것도, 나를 원하는 것도 아니다. 『다른 것』으로 취급하는 것은 내게 미지의 불쾌감이었다.

벽에 등을 기대고 한숨 쉬었다. 차가운 바닥은 피로를 빨아들여 주지만 그 정도로는 상쾌해질 것 같지도 않았다.

"……목욕이라도, 할까요."

평소라면 이미 모든 것을 내팽개치고 잠들 참이지만, 아무래도 익숙하지 않은 일이 지나치게 계속됐다.

한번 기분을 전환하고 싶다. 그리 생각하며 나는 조금 전에 이 그지스터가 가리킨 방향으로 걷기 시작했다.

그녀가 가르쳐 줬다시피, 목욕탕으로 이어지는 문 앞에는 얼마 안 되어 도착했다.

"……아, 좋은 냄새."

문에 손을 댄 참에 독특한 향기를 느꼈다.

평범한 목욕탕의 냄새와는 다른, 쇠 냄새 같기도 달콤한 것 같기도 한, 신기한 향기가 후각을 간질였다.

……온천 냄새, 네요.

공화국은 여기저기에서 온천수가 나온다고 했으니 여기도 그 중 하나겠지.

납득하고 문을 열어봤더니 냄새는 한층 더 강하게 느껴졌다. 얕게 코를 자극하는 것 같은 향기는 가슴이 후련해진다고 하기는 어려웠지만 기분 전환에는 충분했다.

"으, 차."

입고 있는 것을 벗고 근처의 선반에 놓았다.

옷의 때는 입은 상태에서 회복 마법을 사용하면 한꺼번에 씻어 낼 수 있으니까 세탁할 필요는 없다. 하지만 아무렇게나 던져두면 주름이 질 테니까 제대로 개어서 놓았다.

마지막으로 속옷을 벗으면 태어난 그대로의 모습. 입구에 수건이 몇 장 놓여 있어서 하나만 빌리고 문을 열었다.

"응……."

축축한 공기가 피부를 쓰다듬어 몸이 부르르 떨렸다.

온천 냄새를 거느린 공기가 몸에 휘감겨 드는 것을 느끼며 욕실로 발을 들였다.

축축한 바닥에 타박타박 발자국이 새겨지는 것은 간지럽지만 기분 좋았다. 깊이 숨을 들이마시자 몸 안쪽의 공기가 교체되는 것 같은 느낌이 들었다.

욕조를 들여다보니 이그지스터가 말했던 것처럼 넓어서, 스무 명은커녕 서른 명까지도 들어갈 수 있을 법한 목욕탕이었다.

"……따듯해."

참방, 손가락을 물에 담가봤더니 뜨겁지는 않았다.

몸속까지 따듯해지려면 한동안 들어가 있을 필요가 있겠지만, 그건 다시 말해서 목욕을 길게 즐길 수 있다는 의미이기도 했다.

근처의 물통을 이용해서 가볍게 몸을 씻은 다음, 천천히 욕조에 잠겼다.

"후아, 아…… 기분 좋아……."

뜨겁게 느껴지지는 않는 온도라서 천천히 몸으로 열기가 스며들었다.

어깨까지 물에 담그자 온몸의 근육이 풀어지는 것 같은 다정한 감각이 느껴졌다.

물에 잠기자 온천 향기는 더욱 깊이 느껴지고, 딱딱하게 굳어 있던 몸과 마음에서 힘이 빠졌다.

헤실헤실 뺨이 풀어지는 것을 자각하며 나는 한숨을 내쉬었다.

"하후——…… 따듯해…… 졸려……."

"그러네, 좋은 온도라고 생각해."

"후에?"

갑자기 들린 익숙한 목소리에, 풀어지려던 뺨과 의식이 돌아왔다.

감으려던 눈을 떠봤더니 수증기 너머에는 두 가지 색깔의 눈이 보였다.

"저기, 페르노트 씨?"

"응. 먼저 목욕 중이었어."

둥실둥실 커다란 가슴을 물 위에 띄우고서, 페르노트 씨가 그곳에 있었다.

사이드 테일 머리카락을 내린 모습이 신선하기도 해서 조금 놀라고 말았다.

"자, 아르제. 여기 앉을래?"

싱긋 웃으며 이름을 불렀다.

시릴이 아니라 아르제. 그렇게 불렀다는 사실에 안도감을 얻고, 나는 페르노트 씨 옆에 앉았다.

110 욕조에 잠기는 것

손짓에 따라 옆에 앉아서 상대를 봤다.

키 차이로 올려다보는 모양새가 된 상대는 항상 묶고 있는 머리카락을 늘어뜨려서, 다시금 바라봐도 신선한 느낌이었다.

뭐라고 할까, 한마디로 말하면 섹시했다.

탄탄하고 늘씬한 몸이 물로 젖어 있는 것도 물론이지만, 무엇보다도 가슴이었다.

직접 보는 건 처음인데, 역시 옷을 입고 있을 때와 다르지 않은 볼륨감. 오히려 물에 떠 있는 만큼 존재감은 올라갔을지도 모르겠다.

어쩐지 격차 사회라는 말을 느끼며 나는 상대에게 질문했다.

"페르노트 씨, 어째서 여기에?"

"밖에 나갈 수 없어서 한가했으니까 목욕이라도 하면서 시간을 보내야겠다고 생각했거든. 골렘한테 물어봤더니 안내해줘서."

아, 그렇구나.

그들은 말은 안 하지만 물어보면 안내 정도는 해주나 보다.

내 질문에는 아무런 액션도 돌아오지 않았던 것은, 긍정의 경우에는 그대로 넘기는 것일지도 모르겠다. 입에 해당되는 기관이 없으니까 예스 같은 말은 못 할 테고.

납득하는 사이에 페르노트 씨가 움직였다. 등을 욕조 가장자리에 기대고 가볍게 기지개를 켜는 것이었다.

페르노트 씨는 물이 첨벙 튀는 것을 즐기듯이 눈으로 웃음을 지었다.

"하——…… 기분 좋네. 이 정도 온도가 좋아."

"그러네요. 서서히 따듯해지는 느낌이 들어요."

어깨가 닿을 듯한 거리에서 나란히, 우리는 목욕을 즐겼다.

알몸을 빤히 쳐다본다든지 그러면 아무리 그래도 조금 부끄럽다는 생각이 들지만, 여긴 목욕탕이다. 옷을 입고 있는 게 이상하니까 신경 쓰지 않기로 했다.

……애당초 제 몸 따윈 쳐다봐야 아무런 재미도 없겠죠.

흡혈귀의 육체는 피부가 희고 미소녀지만, 보고 있으면 즐거운 것은 어찌 생각해도 빈약한 나보다는 출렁출렁한 페르노트 씨다.

곁눈질로 흘끗 봤더니 출렁출렁이 이쪽을 보고 있었다. 앉아서도 여실할 만큼 키 차이가 있었기에 서로의 시선은 비스듬히 교차했다.

교차하는 시선은 부딪치지 않았다. 나는 상대의 얼굴을 보고 있지만 상대의 눈은 내 가슴 쪽을 보고 있던 것이었다.

"……저기, 무슨 일 있나요?"

"어, 아니, 아, 아무것도 아닌데?! 아르제야말로, 무슨 일 있었어?!"

물어봤더니 당황한 듯이 시선을 피했다.

나, 뭔가 이상한 짓을 했을까. 욕조에 수건을 빠뜨리지는 않았는데…….

"……페르노트 씨, 혹시."

"윽, 뭐, 뭔데?"

"그렇게 빤히 쳐다봐도, 안타깝지만 제 가슴은 페르노트 씨만큼 커지진 않는다고요?"

"지금 스스로한테도 나한테도 실례되는 소리를 했지⋯⋯?!"

"너무해! 페르노트 씨, 짓궂어! 빈부격차!! 오드아이 출렁!!!"

"어어어어?! 내가 잘못한 거야, 이거?!"

"그런데, 왜 보고 있었나요?"

"갑자기 멀쩡하게 돌아오는 건 그만둬, 못 따라가니까⋯⋯."

안 되지, 그만 장난을 치고 말았다.

쿵짝이 맞는 그녀의 반응이 어쩐지 그립다고 느꼈다.

나를 알고 있는 이름으로 부른다. 그 사실에 어쩐지 무척 안심해버리는 것이었다.

너무 장난을 쳐도 좋지 않으니까 한숨을 한 번 내쉬어 진정하고 다시금 상대를 봤다.

이번에는 제대로 서로의 시선이 뒤섞였다.

다음 말을 던진 것은, 상대가 먼저.

"⋯⋯그래서, 아르제. 어쩐 일이야?"

"아뇨, 조금 안심해서."

"안심⋯⋯?"

"페르노트 씨는 평소 그대로고, 나는 나구나 해서요."

"그게 뭐야, 이상한 생각을 하네."

물을 찰랑이며 페르노트 씨는 색이 다른 눈에 웃음을 그렸다.

확실히 이상한 소리라고는 생각하지만 사실이었다.

물에 녹아내리듯이 슬쩍 흘린 본심을 페르노트 씨는 웃으며 받아들여 주었다. 그것이, 무척 편안했다.

다시 한번 깊이 호흡을 했더니 이그지스터와 있었을 때의 위화감은 완전히 사라졌다. 내가 누구인지를 분명하게 믿을 수 있었다.

물속에서 흔들리는 은색 머리카락을 만지작거리며, 나는 옆에 있는 상대에게 다시금 말을 건넸다.

"음…… 그런데, 페르노트 씨 쪽은 어쩐 일인가요?"

"으…… 어, 으—음, 어쩐 일이라니?"

"아뇨, 아까 제 쪽을 보고 있었으니까요. 무슨 용건일까 해서."

"아으, 어, 음…… 그건, 그건 말이지……?"

"……?"

페르노트 씨치고는 드물게도 분명치 않은 반응이었다.

그녀는 항상 당당하고 대답도 분명하게 한다. 그 탓에 그만 장난을 치고 싶어지기도 하지만, 그건 곧 좋은 사람이라는 이야기였다.

그런 페르노트 씨가 곤혹스러워 하는 것처럼도 보이는 태도를 취하는 것은 드문 일이었다.

때때로 이런 일도 있겠지만, 뭔가 나쁜 짓이라도 저지르고 말았을까.

"페르노트 씨? 뭔가 신경 쓰이는 일이 있다면 이야기해도 된다고요?"

조금 더 가까이 다가가서, 상대를 아래쪽에서 올려다봤다.

페르노트 씨는 더더욱 곤란하다는 표정으로 얼굴을 새빨갛게 물들였다.

"허, 잠깐, 아르제, 그렇게 다가오면, 이것저것…… 보여……."

"보여……?"

"그게 말이지, 저기…… 아아, 아르제 냄새……."

"냄새…… 땀은 별로 안 흘렸다고 생각했는데, 냄새가 났나요?"

"아, 아니야! 오히려 좋았어! 그게 아니고?!"

"……저기요?"

"으, 미, 미안해. 나 이상하지……. 아니, 신경 쓰지 마, 몸 씻고 올 테니까……."

어찌 된 영문인지 콧등을 누르며 페르노트 씨가 욕조에서 나가 버렸다.

조금 휘청거리는 걸 보면 열이 오른 걸지도 모르겠다. 아무리 온도가 뜨겁지 않다고 해도 너무 오래 몸을 담그는 건 금물이다.

나는 조금 더 목욕을 즐기자는 생각에, 다시 몸을 물속으로 담갔다.

자연스럽게 나오는 한숨은 수증기 안으로 녹아들고, 이윽고 흘러갔다.

그것을 지켜보는 사이에 적당히 잠기운이 찾아왔지만 아무리 그래도 욕조 안에서 잠드는 건 위험하니까 눈만 살짝 감는 정도로 해뒀다.

감는 것뿐…… 살짝…… 조금…… 그대로…… 잠을——.

"——아르제 씨!"

"흐뮤?!"

갑작스러운 목소리에 놀라서 펄쩍 뛰고 말았다.

첨벙, 물 튀기는 소리를 울리며 수증기를 갈랐다.

그 너머에 있던 것은 익숙한 여우색 털.

"……쿠즈하?"

"후후후, 아르제 씨, 오랜만이에요! 저, 한층 더 커져서 돌아왔어요!"

흐흥, 거친 콧김과 함께 쿠즈하가 가슴을 폈다.

동작에 맞추어 꼬리가 기분 좋게 잔뜩 흔들리고, 공기의 흐름을 만들어 수증기를 걷어냈다.

"……저한테는 여전히 작은 걸로만 보이는데요."

"으음! 확실히 키나 꼬리는 그대로지만! 제대로 성장한 거예요!"

"네, 그런가요."

쿠즈하는 유감스럽다는 듯이 눈썹을 추어 올렸다.

사실 내가 말한 건 가슴인데, 어쨌든 여전히 작았다.

건강하게 탄탄히 조였고, 하지만 소녀다운 부드러운 느낌이 있는 몸은 전체적으로 평가하면 '발전 도중'.

그럼에도 쿠즈하는 커졌다고 주장했다. 대체 어디 이야기를 하는 걸까.

"……엉덩이?"

"무슨 이야기인 거예요?!"

"아니, 쿠즈하야말로 무슨 이야기를 하는 건가요?"

"내면의 이야기인 거예요! 하나의 모험을 마치고 성장해 돌아온 거예요!"

"아, 그랬나요."

그렇다면 겉모습으로는 차이를 알 수 없더라도 어쩔 수 없나. 납득하는 사이, 수증기 너머에서 그림자가 추가되었다.

하얀 수증기 안에서도 매끄러운 갈색 피부에 물방울을 맺고서 다가온 것은 리셀 씨.

보라색 눈동자는 나를 발견하고는 기쁜 듯 웃음을 머금었다.

실오라기 하나 걸치지 않은 리셀 씨는 탄탄하고 아름다운 몸매였다.

모델 체형이라고 평가해야 할 아름다운 모습은 쿠즈하와 나란히 보니 무척 강조되었다.

"아르제 님, 여기 계셨나요."

"리셀 씨, 쿠즈하랑 같이 있었나요?"

"예. 말이 통하지 않는데도 곁에 있어 주셨어요."

"그런가요. 쿠즈하답네요."

쿠즈하는 무척 배려심이 있다고 할까, 남들을 잘 돌보는 성격이었다.

본래라면 쿠즈하 쪽이 신세를 져야 할 상황이라도 그녀는 타인을 배려한다.

아이다운 모습도 제대로 있지만, 착실한 아이였다.

납득하는 동안에 리셀 씨는 즐거운 듯 미소를 머금었다.

"조금 보고드릴 일이 있는데요……. 목욕을 마치고, 시간을 좀 내주시겠어요?"

"뭐, 이야기하는 것뿐이라면 여기서도 상관없는데요?"

"아뇨, 목욕할 때는 느긋하게 하라는 게 가훈이니까요."

그렇구나, 가훈이라면 어쩔 수 없다.

리셀 씨는 내 맞은편에 앉았다. 쿠즈하는 그 옆이었다.

두 사람은 각자 어깨까지 물에 담그고 동시에 한숨을 내쉬었다.

호흡이 맞는 움직임은 마치 자매 같았다.

모험을 하고 왔다는 쿠즈하와 같이 있었다는 모양이니까, 말을 모르는 것치고는 잘 통하는 구석이 있어서 친해진 걸지도 모르겠다.

"그럼 잠시 욕조를 좀 즐길까요."

"하―…… 스며드네요. 아르제 씨."

"예, 그래요. 조금 느긋이 있도록 하죠."

여우 귀와 엘프 귀. 긴 두 귀가 풀썩 눕는 것을 나는 멍하니 바라봤다.

물의 온기에 쓸데없는 힘이 풀어진다.

리셀 씨의 이야기가 뭔지는 신경 쓰이지만, 지금은 조금만 힘을 빼기로 했다.

"……쿠울."

"아르제 씨, 아무리 그래도 욕조에서 자는 건 위험하다고요?"

전언 철회. 이 이상은 힘을 빼지 말자.

111 마음속에 넣어둔 것

목욕을 마치고 한숨 돌린 다음에 안내받은 곳은 서고였다.

아직 목욕으로 달아오른 피부에 오래된 종이 냄새가 닿았다.

나쁜 감각은 아니었다. 자연스럽게 코를 벌름거렸지만 어쩐지 차분해지는 냄새였다.

낡은 종이의 향기를 즐기며 나는 물었다.

"여기가 어쨌나요?"

"저쪽에, 길이 있는 게 보이나요?"

옆의 리셀 씨가 손으로 가리킨 것은 서고 한구석.

부자연스럽게 책장에 틈이 있고 그 너머는 통로로 되어 있는 모양이었다.

"……어라, 어떻게 되어 있는 거죠?"

"비밀 통로인 것 같아요. 조금 전에 쿠즈하 님과 탐험하고 왔어요."

"아하, 그렇군요……. 쿠즈하, 저쪽은 어땠나요?"

"큰일이었어요! 주로 제가!"

큰일이었나 보다.

일단 통로 너머를 들여다봤다.

무척 어둡지만 내 눈에는 상관없었다. 흡혈귀의 시야는 어둠을 똑바로 꿰뚫어 볼 수 있다.

통로는 벽에 화살이 박혀 있거나, 바닥에 구멍이 뚫려 있거나, 명백하게 무언가가 폭발한 흔적 따위가 있었다.

길 안쪽에는 계단이 보이지만 거기까지의 여정은 참상이라고 해도 지장이 없을 법한 상태였다.

"······함정을 많이 밟은 모양인데요."

"그런 거예요. 리셀 씨가 척척 앞으로 나가버려서는 함정을 전부 기동시켜서······ 그럴 때마다 구했던 거예요. 큰일이었어요."

그렇구나. 그건 확실히 주로 쿠즈하가 고생했겠다.

그럼에도 지친 기색은 없이, 오히려 즐거운 듯이 쿠즈하는 웃었다. 큰일이라고는 생각해도 즐거웠던 걸지도 모르겠다.

보호를 받던 쪽인 리셀 씨는 어쩌냐면 포근한 미소를 짓고 있다.

"쿠즈하 님께는, 위험한 상황에서 몇 번이나 구원을 받았어요."

"뭐, 그건 보면 알겠네요."

통로의 참상을 보면 무슨 일이 있었는지 대략 짐작은 갔다.

"이거, 골렘은 소동을 피우지 않던가요? 무척 화려하게 저지른 모양인데."

"그게, 이 부근으로는 골렘이 접근하지 않는 모양인 거예요."

"······이상하네요."

대금고 안을 배회하는 골렘은 경비를 위한 존재이기도 할 테니까, 소란이 벌어지면 반응하지 않기는커녕 애당초 이 부근을 순찰하지 않는다는 것은 이상한 이야기였다.

비밀 통로가 있는 것 같은 방 주변이라면 오히려 경비가 삼엄해야 할 테지.

이상하다고 생각하며 발길을 들이자 코에 닿는 것은 먼지와 화약 냄새.

먼지는 세월 탓이고 화약은 함정의 잔해겠지.

공기의 흐름은 안쪽에서부터. 계단 끝에 무언가 공간이 있다는 것을 예감할 수 있었다.

"……으—음, 함정은 전부 밟아서 해제된 모양이네요."

"그거, 해제라고 할 수 있을까."

"참신했나요?"

"참신하다고 할까, 새로운 의견이네……."

어이없어하는 페르노트 씨의 목소리가 통로 안쪽으로 빨려 들어갔다.

확실히 함정을 전부 밟아서 해제한다니 레벨을 과하게 올린 게임에서나 할 법한, 이른바 억지 공략이다. 나도 살짝 질렸다.

"넷이서는 아무래도 좁네. 2열로 갈까."

"잠깐만 기다려주세요, 페르노트 씨. ……리셀 씨, 이 앞에는 뭐가 있나요?"

"숨겨진 방이에요. 다만 그곳만이 마법으로 잠겨 있어서요. 아르제 님이라면 열 수 있을 거라 생각했어요."

"흠, 그렇군요."

그러니까 나는 열쇠를 따는 담당인가.

범죄에 가담하는 꼴이 되는 기분이 들지만 내게도 이 장소는 신경 쓰이는 곳이었다.

나와 시릴 씨가 어떤 관계인가. 나조차도 모르는 일을 조금이라도 알 수 있을지도 모른다.

갑자기 쏟아진 의문에 대한 대답을 바라며 나는 발을 들였다.

"라이트."

페르노트 씨의 목소리가 통로에 울리는 것과 동시에 그녀의 손 끝에서 빛이 켜졌다. 갑자기 나타난 빛이 캄캄한 통로 안을 비추었다.

밤눈이 밝은 나나 쿠즈하한테는 필요 없지만, 확실히 이 통로는 어두우니까 불빛은 있는 게 낫겠지. 함정은 전부 기동시켰다고 해도, 이렇게 발밑이 엉망인 곳에서는 넘어질 수도 있다.

탄내를 무시하고 걷기 어려운 곳을 피해 통로를 나아갔다.

계단을 들여다봤더니 역시나 이쪽에도 함정의 흔적이 있었다.

어느 것이든 성대하게 밟았는지 무척 지독한 꼴이 되어 있지만 통과할 수는 있을 듯했다.

"그럼 갈까요."

모두에게 말을 건네고 계단을 내려갔다.

함정으로 파괴된 계단은 걷기 힘들어지기는 했지만 그리 길지는 않았다. 몇 분도 안 되어서 계단 끝에 도착했다.

계단을 내려간 곳에 있던 것은 거대한 철문.

살며시 손을 대고 밀어봤다. 문은 꿈쩍 않고 반발하는 것처럼 금속의 차가운 온도와 어떠한 마력 흐름을 전달했다.

"……이건."

"확실히 아르제와 닮은 파장의 마력이네."

생각한 것을, 옆에서 마찬가지로 문을 건드린 페르노트 씨가 입에 담아서 가슴이 덜컥했다.

확실히 손가락에서 흘러드는 마력의 질은 나와 닮았다.

마력을 집중했을 때에 느낀 고양감 같은 느낌과 비슷한 감각이 드는 것이었다.

"……열어주세요."

위화감을 뿌리치듯이 나는 회복 마법을 사용했다.

내가 사용하는 회복 마법은 상처만이 아니라 저주나 독 따위도 제거할 만큼 강력하다.

그리고 이런 봉인은 종류를 따지자면 저주에 가까우니까 회복 마법으로 해제할 수 있었다.

달칵, 가벼운 소리가 나고 문을 뒤덮은 마력이 흩어졌다. 잠금이 풀린 것을 확신하고 문을 밀었더니 이번에는 순순히 열렸다.

문 틈새로 먼지투성이 공기가 빠져나오며 피부를 쓰다듬었다.

그것을 가르듯이 문 너머로 발길을 들였다.

"……집무실?"

자연스럽게 흘러나온 말이 이 장소의 평가였다.

시크한 검은색 책상에 글을 쓰기 위한 도구 일체가 깔끔하게 놓여 있었다.

책상 끝에 조심스레 쌓여 있는 것은 노트 몇 권.

다가가서 노트 하나로 손을 뻗었다. 표지에 적혀 있는 말이 무엇인지는 몰라도 번역 스킬의 효과로 의미는 알 수 있었다.

"일기장……인가요."

"아르제, 읽을 수 있어?"

"예, 뭐. 누군가의…… 상황을 생각하면 시릴 씨의 일기 같네요."

"고대 정령 언어 같네요. 깔끔한 문자라서 읽기 편해요."

리셀 씨가 흥미 깊게 노트를 바라보고, 하지만 펼치지는 않고 그리 말했다.

이곳을 만든 사람, 아마도 시릴 씨의 일기장.

이걸 읽을 수 있다면 시릴 씨에 대해서, 그리고 나에 대해서 무언가 알 수 있을지도 모른다.

"아르제 씨, 왜 그러는 거예요?"

"……읽어 볼게요."

남의 일기를 읽는 것이 결코 좋은 일이라고 할 수는 없다는 건 알고 있다.

그럼에도 나는 일기를 읽는 것을 선택했다.

읽지 않고서는 아무것도 알 수 없다. 그리고 이미, 모르는 채로 있을 수 있는 시간은 지나버렸으니까.

"……그렇다면 읽는 동안에 방해가 들어오면 위험하겠네."

"그러네요. 골렘은 다가오지 않는 모양이지만 정령은 도적 격퇴를 마치면 돌아온다는 모양이니까……. 그러면 아르제 씨를 찾겠죠."

"예. 적당히 막으러 갈까요."

"……죄송해요. 부탁드려요."

페르노트 씨와 쿠즈하가 웃으며 손을 내젓고 방을 나갔다.

리셀 씨 쪽은 신기한지 방 여기저기를 살펴보고 있었다. 이윽고 방 한편에 있는 책장에 시선을 멈추고 책을 뒤지기 시작했다. 저쪽은 내버려 둬도 될 듯했다.

비싸 보이는 책상에 앉아서 쌓인 노트로 손을 뻗었다.

표지에 적힌 연대를 거슬러 올라가서 숫자가 가장 오래된 것부터 펴보기로 했다.

　종이를 넘기는 소리가 울리고 모르는 글자가 의미를 알 수 있는 것으로, 시야 안으로 날아들었다.

　"웃……?!"

　어질, 머리 안쪽이 흔들리는 것 같은 감각.

　그리하여 나는, 나와 닮은 사람을 만났다.

112 시릴 노트

"……이 수기가 펼쳐지는 날이 오다니, 생각도 안 했는데."

오래된 종이와 먼지 향기. 그 틈새를, 방울이 구르는 것 같은 소리가 빠져나왔다.

나와 똑같은, 하지만 나와는 달리 상냥하게 웃는 소녀.

이 미소를, 나는 알고 있다. 본 적이 있으니까.

딱딱하지 않은, 부드러운 미소. 그것은 쿠즈하의 어머니와 같이 누군가를 사랑하는 다정한 미소였다.

손을 뻗으면 닿을 거리, 책상 위에 다리를 꼬고 앉은 소녀에게 나는 말을 던졌다.

"시릴, 씨?"

의문을 건넨 순간, 딱밤이 날아왔다.

"햐앙?!"

딱, 소리가 날 정도로 강렬한 일격이 얄팍한 피부에 꽂혔다.

충격에 놀라서 눈을 희번덕거리는데, 상대는 딱밤을 친 손가락을 가볍게 내젓는다.

"논논. 나는 시릴이지만 시릴이 아니거든. 한없이 시릴에 가깝지만, 결국 시릴이라고는 할 수 없어."

"아야야…… 으—음, 그러니까…… 시린 이 씨."

"어째서 그렇게 되는데?!"

안 되지. 이 농담이 안 통하는 사람이었는데 그만 저질러 버렸다.

상대는 나와 똑같은 얼굴을 찡그리고 마음을 다잡듯이 헛기침을 했다.

"어흠…… 시릴 노트. 나는 시릴 노트라고 하면 돼. 시린 이는 그만둬. 시린 이 노트 같은 것도 그만두고."

"알겠어요, 시릴 노트 씨."

들은 이름을 부르자 시릴 노트 씨는 싱긋 웃었다.

나와 무척 닮은 얼굴이지만 역시 말투나 분위기는 전혀 달랐다. 그녀가 시릴 씨에게 가까운 존재라면 역시 시릴 씨와 나는 다른 사람이겠지.

그리고 그 확신을 확증으로 바꾸는 말이 날아왔다.

"그건 그렇고, 이런 곳에는 무슨 용건이야? 시릴이랑 똑같은, 하지만 다른 사람."

"……역시 다른가요."

"그야 다르지. 머리카락 색깔도 눈동자 색깔도 다르고, 눈물점도 없고, 마력은 비슷하지만 벡터가 반대야."

"벡터……?"

"성질에 대한 이야기야. 너는 시릴과 닮았어. 과연, 확실히 그러네. 하지만 그것뿐이야."

"……그것뿐, 인가요?"

"그것뿐이야. 신경 쓰인다면 나중에 다크 엘프한테라도 물어보면 돼. 지금은 내 시간이니까 나중에 말이지."

그 말에 돌아봤더니 그곳에 리셀 씨는 없었다.

무언가 장치가 있는 거겠지. 하지만 지금은 그보다도 신경 쓰

이는 일이 있었다.

다시금 시릴 노트 씨 쪽으로 시선을 향했더니 그녀는 책상 위에서 내려왔다.

"자자, 내 역할은 단 하나. 시릴의 노트를 펼친 사람에게, 시릴이 남긴 것을 전하는 일. 시릴 본인은 들어줬으면 하는 사람이 있었을 테지만⋯⋯ 그 아이는 지금, 판단력이 흐려진 모양이야."

어깨를 으쓱이고 시릴 노트 씨는 그리 이야기했다.

그 아이라는 것은 역시나 이그지스터 말이겠지.

동전처럼 눈부시고, 완고하게 나를 시릴이라 믿는 대금고의 정령.

하후, 한숨을 내쉬고 눈물점이 있는 쪽 눈을 감아 윙크하더니, 시릴 노트 씨는 계속해서 이야기하기 시작했다.

"뭐, 그녀의 마음도 알겠어. 수십 년이나 좋아했던 사람이 없어지고, 혼자서 동전을 만들고 계속 셌으니까. 마음속 어딘가가 조금은 이상해진다── 그건 어쩔 수 없어."

"시릴 씨는 죽어버렸나요?"

"글쎄, 확실한 건 알 수 없어. 나는 이그지스터와 마찬가지로 이곳의 골렘이 보고 들은 것밖에 모르니까. 하지만 시릴이 살아 있는데 이곳으로 돌아오지 않는다니, 그럴 일은 없어."

시릴 노트 씨는 서고 안을 확인하듯이 둘러보며 계속 이야기했다.

"자, 너는 시릴에 대해서 알고 싶은 모양이니까 그녀에 대해서 이야기하자. 시릴은 원래 어떤 사람에게 가르침을 받고 있었어. 그 사람은 스승이자 누구보다 사랑한 친구였어."

"⋯⋯⋯⋯."

"그 사람은 자신을 '다른 세계에서 왔다'라고 했고, 시릴은 그녀에게 기계에 대해서 배웠다고 해."

"다른, 세계……."

"사실인지는 알 수 없지만. 나는 어디까지나 수기로, 시릴이 남긴 기록을 이야기하는 것뿐이니까."

다른 세계가 이세계를 말한다면, 그 친구라는 존재는 일단 전생자가 틀림없다.

기계라는 것은 익숙하지 않은 말이라고 생각했는데, 역시나 누군가가 이 세계로 가져온 문명이었나.

"시릴과 스승은 둘이서 하나의 꿈을 품고 있었어. 그건 이 세계의 통화를 통일하는 것. 말로 하면 간단하지만 그건 도저히, 간단한 일이 아니었어."

"……그건 그렇겠죠."

돈을 하나로 통일한다니, 솔직히 말해서 터무니없다.

그건 돈의 흐름이 생겨나는 것으로 누구 하나, 어느 한 나라가 이익을 얻어서는 안 된다는 의미다. 그래서는 반드시 어딘가의 누군가와 다투게 되어버리니까.

그리고 돈이 한 종류밖에 없다는 것은, 그 돈이 무가치해진 순간에 경제가 붕괴해 버린다는 의미이기도 했다.

"그래. 간단하지 않았어. 그야말로 사랑하는 사람을 도중에 잃었을 정도로. 그럼에도 시릴은 열정을 잃지 않았어. 과거에 들은, 다른 세계에서 위대한 사람이 들어간다는 묘비…… 피라미드라고 했나. 그것을 참고로 삼아, 친구의 묘지를 꿈의 구현으로 이곳에 세웠지."

"그렇게까지……."

"그래. 그만한 사랑이, 그녀에게는 있었던 거야."

사랑, 꿈, 삶의 가치.

그런 것을 시릴 씨는 제대로 가지고 있었나 보다.

역시 나와 그녀는 다른 사람이다.

나처럼 게으르고, 귀찮은 일을 싫어하고, 아무런 도움도 안 되지 않는 녀석과는 다르다.

내게는 시릴 씨 같은 정열이나 애정이 없다.

"그리하여 태어난 인공 정령이 이그지스터. 친구, 이그지를 본떠서 만들어진, 시릴의 위안이야."

"본뜨다니, 그럼 시릴 씨는……."

"그래. 지금 이그지스터가 너를 시릴처럼 보듯이, 시릴은 이그지스터에게서 친구의 환영을 보고 있었어……. 처음에는 말이지."

"처음?"

"응. 그게 말이지, 다르잖아. 너랑 시릴처럼, 이그지스터와 이그지도 달라. 같이 지내는 사이에, 시릴은 그 사실을 깨달았어."

"아……."

"그래서 그녀는 이그지스터를 이그지가 아니라 이그지스터로서 보게 되었어. 물론 그건 당연한 일이지만. 이것 참, 깨닫는 데 시간이 걸렸단 말이지."

마치 남 이야기를 하듯이, 하지만 시릴 노트 씨는 부끄러운 듯이 웃었다.

책상 위에 놓여 있는 펜을 손에 들어 빙글빙글 돌리고, 그녀는
추억을 풀어냈다.

 "그 후로 시릴은 이그지스터의 행동과 의사를 존중해서 기르려
고 했어. 다른 것을 다른 것으로 인정했어."

 "······소중하게, 여겼군요."

 떠오르는 것은 이그지스터가 이야기한 시릴 씨와의 많은 추억들.

 소중히 대하지 않았다면 틀림없이 그렇게까지 따르지 않는다.
그야말로 닮았지만 다른 사람을 그 사람이라고 맹목적으로 믿어
버릴 정도로.

 "그래, 그렇다마다. 그래서 시릴이 살아있다면 무슨 일이 있어
도 돌아올 거야. 시릴은 이그지를 사랑하고, 이그지스터를 아꼈
으니까. 소중히 대해야 할 존재가 있는, 친구의 묘지로 돌아오지
않을 리가 없어."

 "······그럼 시릴 씨는."

 "응. 뭐, 거의 틀림없이 죽었을 테지. 시릴은 그냥 인간이었으
니까."

 "············."

 "네가 그 사실에 마음 아파할 필요는 없어. 다만 네가 그 모습
이라는 사실에 무언가를 느낀다면······ 그러네. 저 멍청이가 눈을
뜨게 만들어 주겠어?"

 어쩐지 상쾌한 표정으로 웃고, 시릴 노트 씨는 내 머리를 쓰다
듬었다.

 두피에 닿는 다정한 감촉은 아주 잠깐의 시간으로 떨어져 버렸다.

나와 똑같은 얼굴은 빙글 회전하여 내게서 등을 돌리는 모양새가 되었다.

"귀찮겠지만 부디 들어준다면 기쁘겠어. 나도 그녀를 이대로 계속 지켜보는 건 조금 슬프거든."

"알겠어요."

입 밖으로 나온 것은 스스로도 놀랄 만큼 분명한 말.

내게 아무런 이익도 없다. 그 사실을 알면서도 자연스럽게 받아들였다.

시릴 노트 씨는 내 말에 돌아보고 온화하게 미소 지었다.

처음 본 것과 같은, 누군가를 사랑하는 다정한 미소.

아주 잠깐, 서로 눈을 마주치고—— 누군가 어깨를 두드렸다.

"아르제 님? 괜찮으세요?"

"……응."

리셀 씨의 목소리가 들린 순간, 시야가 다시 열렸다.

꿈에서 깬 것 같은 감각이 느껴지고, 나른한 탓에 하품을 했더니 부연 시야는 시릴 씨의 일기를 포착했다. 번진 글자의 의미는 알 수 없었다.

"꿈…… 아니. 꿈과 같은 무언가겠네요."

"어라, 잠드셨던 건가요? 그렇다면 제가 깨워 버렸을까요……. 죄송해요."

"아뇨. 때마침 잘 됐어요."

마치 계산한 것 같은 타이밍인데, 아마도 시릴 노트 씨가 배려한 거겠지.

들은 내용을 떠올리며, 나는 옆의 다크 엘프 아가씨에게 물었다.

"리셀 씨. 제 모습이 누군가와 닮았다면, 그건 무언가 인과 관계 같은 게 있을까요?"

"……관계, 말인가요."

리셀 씨는 검지를 뺨에 대어 가볍게 생각하는 것 같은 동작을 취했다.

옅은 색깔의 금발과 긴 귀를 흔들고 아주 잠깐 침묵이 흘렀다. 잠시 시간을 둔 다음, 이야기해 주었다.

"흡혈귀는 고농도의 마력이 의지를 획득한 존재예요. 그 고농도의 마력에 주인이 있었을 경우…… 그러니까 대규모 마법을 사용한다든지 해서 대기 중의 마력이 짙어졌을 경우, 태어나는 흡혈귀의 형태는 그 마력의 주인에게 이끌리는 경우가 있어요."

"……그럼 제 모습이 누군가와 닮았다면?"

"아르제 님이 태어난 환경이 자연적인 게 아니라 인위적으로 태어났다는 이야기겠네요."

"……그것뿐?"

"예, 그것뿐이에요. 유전처럼 마력의 성질을 어느 정도는 물려받겠지만, 다른 사람이에요."

그것을 빨리 알고 싶었다는 생각도 들었지만, 리셀 씨는 내 말 말고는 알아들을 수 없는 상황.

이제까지 어떤 경위로 머무르게 되었는지, 나는 그녀에게 제대로 설명하지 않았다. 이 상황에서 뭐라고 그러는 건 잘못이겠지.

언어의 장벽이 있다는 사실을 귀찮다고는 느껴도, 어쩔 수 없다는 사실은 이해한다.

내가 태어난 토지는 일찍이 대규모 전투가 있었다는 장소다.

리셀 씨에게 이야기했듯이, 도시의 잔재가 있더라도 폐허로 바뀐 쓸쓸한 장소.

그 장소에서 일찍이 사용된 어떤 마법이 시릴 씨의 마법이었다. 그런 이야기겠지.

납득을 얻고 나는 의자에서 일어났다.

"……그럼 갈까요."

"이제 됐나요?"

"예. 알아야 하는 건 알았으니까요."

적혀 있는 전부는 아니라도 내가 알아야만 하는 것과 알고 싶은 것은 알 수 있었다.

이 이상 추억을 어지럽히는 것은 촌스러운 짓이다.

이곳에 있는 추억을, 나보다도 훨씬 더 알아야 하는 사람이 있다.

약속해버린 일을 이루기 위해, 나는 숨겨진 방을 뒤로했다.

113 대금고의 관리인

"하아……. 정말이지, 끈질긴 녀석들이야."

한바탕 전투를 마치고 불탄 들판으로 변한 주변을 둘러보며 나는 한숨을 내쉬었다. 탄내가 머리카락에 뒤얽히고 살짝 불쾌한 느낌이 피부를 쓰다듬었다.

세계에서 유일하게 통용되는 시릴 동전. 그것을 만드는 곳이, 이곳이다.

당장의 욕심에 사로잡힌 멍청이들은 끊임없이 찾아와서는 이 장소를 점거하려고 든다.

그것을 막는 것도 내 역할이다.

이 대금고의 정령인, 내 역할.

"애당초 여기가 함락되면 경제가 붕괴된다고."

시릴 동전이 단 하나의 통화로서 인정받을 수 있는 것은 안전성과 위조 방지 처치가 있기 때문이다.

완벽한 방비로 보호받는 시설에서 만들어지는 시릴 동전에 깔린 위조 방지의 마법은, 미약한 마력을 탐지하여 랜덤한 빛으로 빛나는 것.

시릴이 개발한 아티팩트,『울려 퍼지는 금화수』를 통해 부여된 그 마법이 시릴 동전의 가장 큰 특징이다.

그런 시릴 동전에서 안전하다는 보증이 사라진다면 세계는 혼란에 빠진다. 그렇게 된다면 당연히 동전의 가치도 사라진다.

돈을 원한다면 여기로 쳐들어오는 것은 솔직히 말해서 역효과다. 차라리 근처의 작은 마을을 습격하는 편이 낫다.

"그런 것도 모르는 속물 주제에…… 간신히 돌아온 시릴과의 단란한 시간을 방해하다니……."

시릴과의 소중한 시간.

그것을 조금이라도 빼앗겼다는 사실이 참으로 불쾌했다.

하물며 도적단은 모조리 놓쳤다. 도리어 산뜻하다고 할 수 있을 정도로 물러나 버려서, 붙잡지도 죽이지도 못했다. 함락시키는 것이 불가능하다고 깨달은 순간에 모두 물러난 것이었다.

그 움직임은 도적단으로는 여겨지지 않을 만큼 통제가 되어 있었다. 그건 유능한 지휘관과 부하가 아니라면 불가능한 움직임이었다.

"그렇게까지 전략을 구사할 수 있는데, 어째서 여길 쳐들어오는 게 무의미한지를 모르는지……. 정말이지, 그런 바보 같은 복장으로."

정말로 도적인지 의심하고 싶어지는 복장의 두목이 이끄는, 이상한 도적단.

솔직히 이제까지 유례가 없었을 정도인 강적이었지만, 그럼에도 시릴 대금고의 방비는 완벽했다. 골렘을 파괴해봐야 사람과 다르게 즉각 보충할 수 있으니까 문제도 없었다.

두 번 다시 오지 말라는 심정을 담아서 깊게 한숨을 내쉬며, 나는 골렘에게 명령했다.

"입구에 소금을 뿌려둬. 그리고 주위의 지형 정비도 부탁해."

소금을 뿌리는 것은 옛날에 시릴한테 들은, 액막이 의식이다.

어수선해진 지형도 깨끗이 정리해서 시릴이 기분 좋게 밖을 둘러볼 수 있도록 해야지. 경관은 중요하다.

"고마워."

충실하게 명령을 소화하는 골렘들에게 나는 감사의 뜻을 표했다.

골렘은 무언가 이야기를 하지는 않지만 언제든 내 말에 충실히 따라준다.

시릴이 없는 동안, 계속 함께 생활한 사이다. 파괴되는 것은 어쩔 수 없단 것도 알고, 그들에게 감정이 없다는 사실도 알지만, 애정 정도는 생긴다.

무엇보다도 같은 부모를 가진 사이다. 형제자매에 가깝다.

그렇게 마찬가지로 시릴에게 창조된 우리는 감각을 공유하고 있어서 보고 들은 것을 똑같이 느낄 수가 있었다.

"……시릴의 모습이 안 보여."

그 힘을 사용해서 찾아봤더니 시릴이 보이지 않았다.

골렘의 숫자는 적지 않고, 내가 아무것도 안 해도 일정한 숫자가 유지되도록 시릴이 생산 라인을 확립해 두었다.

그런 골렘들이 돌아보고 있는 대금고 안에 있는데도 어디에 있는지 알 수 없다면——.

"——화장실에 있으려나?"

그곳은 아무리 그래도 감시의 눈길이 잘 닿지 않았다. 그게, 이래저래, 프라이버시 같은 문제로.

그러니까 시릴도 나도, 남들이 보면 안 나오는 체질이라는 의미다.

조금 기다리면 될까. 그리 생각하고 나는 대금고 안으로 돌아왔다.

등 뒤, 입구가 닫히는 소리에 뒤섞이듯이 발소리가 들렸다.

2인분인 발소리의 주인을 나는 알고 있었다. 지금 막 골렘의 눈에 비쳤으니까.

"잠깐, 괜찮을까?"

복도 안쪽에서 나타나자마자 내게 말을 건넨 것은 선명한 오드 아이의 여성이었다.

······으음, 이름이 뭐였더라.

시릴 말고는 흥미가 없으니까 기억이 안 나네. 물론 그 옆에 있는 여우 귀 소녀의 이름도 모르겠다.

본래라면 무시하든지 적당히 대처하고 시릴을 찾으러 가고 싶은 참이지만, 그녀는 시릴의 친구다. 함부로 대할 수도 없었다.

시릴의 아이로서 실례가 안 되도록 등줄기를 곧게 편 다음, 나는 상대에게 대답했다.

"무슨 일이지, 손님."

"여길 좀 안내받고 싶은데, 부탁할 수 있을까?"

"그런 일이라면 골렘한테 부탁하도록 해. 말은 못 하지만 손님이 들어가도 되는 곳이라면 어디든 데려다줄 거야. 우수하거든."

시릴이 만든 골렘들은 정말로 우수해서 대부분의 잡무를 해치워 버린다.

굳이 단점을 꼽는다면 말을 못 한다는 것 정도일까. 그것만이

유일한 단점이자, 아주 조금 쓸쓸하게 느끼는 부분이었다.

대답을 건넨 참에, 한 걸음 앞으로 나오는 이가 있었다.

금색 털이 화사한, 여우 귀 소녀. 키 차이 때문에 나를 올려다보는 것 같은 모양새가 된 그녀는 머리를 꾸벅 숙였다.

"이그지스터 씨의 해설이랑 같이, 밑에서부터 순서대로 보고 싶은 거예요……. 안 될까요?"

"흠…….."

"모처럼 이런 곳에 왔으니까 시릴 씨가 어떤 식으로 이곳을 만들었는지 보고 싶은 모양이야. 좀처럼 없는 기회니까 부탁할 수 없을까?"

몰아붙이듯이 보호자의 말이 추가되었다.

그런 소리까지 하면 조금 곤란해지고 만다.

골렘은 해설을 하지는 못한다. 이야기를 못 하는 그들에게는 아무래도 그런 기능은 부족했다.

……시릴의 모습도 안 보이니까 상관없나.

생각에 사용한 시간은 몇 초. 결심을 확정시키고자 나는 한 번, 애용하는 지팡이로 바닥을 찔렀다.

"괜찮겠지. 안내를 받아들이겠어."

이곳 대금고와 이곳에 있는 기계는 시릴의 지혜, 그 결정.

이곳보다도 '기술'이 사용된 건물은 전 세계를 찾아다녀도 달리 없을 터.

아무리 그래도 화폐를 생산하는 라인이나 골렘에 대한 이야기 등등, 모든 것을 설명할 수는 없다. 그래도 개요 정도라면 괜찮겠지.

시릴의 위업이 많은 사람들에게 퍼지는 것은 나로서도 기쁜 일이다.

지금 이 시대, 온갖 나라의 학회에서 시릴에 대한 이야기는 배운다고 들었지만, 실제로 그 기술과 접해보면 또 다른 감동도 있겠지.

"와아, 괜찮은 거예요?! 감사합니다!"

"흠. 공부에 열심인 아이로군. 참 바람직하네."

"……말해두겠는데, 내 아이가 아니거든."

"음? 그런가? 그건 실례했네."

무척 사이가 좋으니까 틀림없이 모녀 같은 사이라고 생각했는데 아니었나보다.

수인과 인간 혼혈 정도라면 드물지 않고, 그녀의 겉보기 연령이라면 아이 정도는 있어도 이상하지 않다고 생각했는데.

너무 파고들었다가는 뭔가 지뢰를 밟게 될 것 같으니까 가볍게 사죄하는 것으로 끝을 내버렸다.

안내하는 사이에 시릴이 올 테니까 얼른 일을 정리하자.

"그럼 안내하지. 손님."

마침 이 장소는 입구. 여기서부터 정상까지 안내하면 그것이 가장 짧고 적절한 루트였다.

골렘들에게 시릴을 발견하면 데려오도록 지시를 날린 다음, 나는 손님들의 안내를 시작했다.

"우선 너희가 처음으로 나와 만난 홀부터 안내하지. 그곳은 손님을 응대하는 장소로, 곳곳에 시릴의 배려가 담겨 있거든."

"그래. 아까는 자세히 못 둘러봤으니까 기대되네."

"음. 그다음은 마구간은 어떨까. 손님의 말을 메어두는 장소인데, 물론 배려는 잘 되어 있어. 외부의 빛은 안 들어오니까 말들이 편하게 지낼 수 있도록 만들어졌지."

"그것도 역시나 시릴 씨가 손을 댄 곳인 거예요?"

"물론. 시릴은 언제든 손님에 대한 배려를 잊지 않았으니까."

이 대금고는 외부에서의 공격에 대한 대비는 물론이거니와 안에서 사는 인간이나 손님이 쾌적하게 지낼 수 있도록 제대로 배려한 구조였다.

이곳은 시릴의 꿈이 구현된 곳이자 편안한 시간을 보내는 장소이고 친구를 부르는 집이었다.

시릴이 행방불명이 된 뒤로 방문하는 것은 상인 마법을 사용한 행상인 정도밖에 없었지만, 앞으로는 또 사람들을 부를 기회도 늘어나겠지. 안내를 하는 겸, 점검이 필요한 곳도 봐두도록 하자.

겸사겸사 목적도 생겼기에 안내에도 열기가 담겼다.

중간층의 반 정도 접어들었을 무렵에는, 스스로도 생각한 것 이상으로 시간이 지난 상태였다.

"다음은…… 도서실이 가깝겠네. 장서는 대부분이 공화국어니까 너희도 읽을 수 있겠지. 드물게 고대 정령 언어로 적혀 있는 것도 있지만, 그쪽은 시릴 취미 관련 책이라서 나로서는 어떤 내용인지 알 수가 없거든."

나는 시릴의 손으로 태어난 인공 정령으로서, 이곳에서 자라고 이곳에서 살았다.

시릴이 가르친 말은 공화국어이고 고대 정령 언어는 배우지 않았던 것이다.

"어…… 아니, 도서관은 안 가도 돼요. 좀 전에 봤거든요."

"어라, 그런가?"

"……예. 당신을 찾는 동안에 거긴 본 거예요."

"음, 뭐냐. 그냥 들여다본 정도잖아. 그렇다면 다시 안내해주지."

"자, 잠깐만 기다려주시는 거예요!"

생각을 바꾸어 안내하려던 참에, 여우 아이가 말을 건넸다.

당황했는지 소녀는 어쩐지 침착하지 못한 모습이었다. 귀와 꼬리가 바쁘게 움직였다.

그녀는 갈 곳을 청하듯이 시선을 헤매고, 이윽고 구원을 발견한 것 같은 표정이 된다.

"화, 화장실인 거예요!"

"아, 그렇군."

꾸물꾸물한다 싶더니 그런 일이었나.

……배려가 부족했군.

시릴이 '타인에 대한 배려를 배워라'라고 몇 번이나 그랬는데 까맣게 잊었다.

오랫동안 타인과 접촉하지 않았으니까 그 탓도 있겠지만, 상대는 어린아이다. 어른인 내가 배려해야 했는데, 그걸 깜박하고 만 것은 내 잘못이다.

"미안해. 바로 안내하지."

상대는 어린아이였을지라도, 실패는 실패다.

사죄의 뜻을 담아서 제대로 머리를 숙이고, 그리고 화장실로
안내하기 위해 걸음을 옮겼다.

"잠깐, 괜찮을까요?"

그 순간, 나는 모든 것을 잊었다.

모든 것이 어떻게 되든 이제는 상관없는 목소리가 들렸기 때문
이었다.

114 마음이 향하는 방향으로

"……시릴!"

나를 돌아보는 얼굴은 어디까지고 환하게, 웃고 있었다.

나를 내가 아닌 이름으로 부르는 여성, 이그지스터는 타박타박 발소리를 울리며 이쪽으로 달려왔다.

"시릴! 찾았다고!"

팔을 벌리며 이쪽으로 오는 것은 끌어안으려는 동작이었다.

한 번 봤으니까 당황하지는 않았다. 호흡을 가다듬고 슥 빠져 나갔다.

자연스럽게 엇갈리듯이 상대의 움직임 안에서 빠져나와 앞으로 내디뎠다.

"하붑?!"

당연하다는 듯이, 목표인 나를 놓친 이그지스터는 성대하게 굴렀다.

구리 동전이 흩뿌려지듯이 적발이 바닥에 퍼지는 모습을 보고 나는 한숨을 내쉬었다.

"정말이지, 또 가슴으로 파묻어서 내 호흡을 막을 생각인가요?"

"으, 으으……. 미안해, 시릴."

은색 눈동자에 눈물을 글썽이며 코를 누르고 이그지스터가 일 어섰다.

손을 건네자 상대가 맞잡았기에 일으켜 세웠다.

"시릴, 어디 갔었어? 찾았다고?"

이그지스터는 내가 피했다는 사실에 분노하지도 않고, 들뜬 모습으로 내게 말을 건넸다.

마치 돌아온 주인을 맞이하는 강아지 같다고 생각하며 나는 말을 꺼냈다.

"미안해요, 잠깐 책장 쪽에 다녀왔어요."

"음, 그런가. 그리고 보니 거긴 골렘이 다가가질 않는구나……."

"그런 모양이에요. 그런데 이그지스터. 조금만 더, 저랑 당신의 추억을 들려주지 않겠어요?"

이때 저라는 것은 아르젠토 밤피르가 아니었다.

눈앞의 소녀가 몇 번이나 입에 담은, 시릴 씨. 시릴 아케디아였다.

내 말에 이그지스터는 만면의 미소를 지었다.

"그런가! 응응! 그렇지! 물론이야! 추억을 잔뜩 들으면 분명히 빨리 떠올릴 수 있을 거야!"

물론 그녀가 이야기하는 그런 의도는 없었다. 나는 시릴 씨가 아니다. 그건 이제 확실해지고 말았다.

그럼에도 나는 그녀의 착각을 굳이 부정하지 않고 추억 이야기에 귀를 기울이기로 했다.

"그러네……. 아, 모처럼 도서실 근처니까 이런 이야기는 어떨까. 시릴은 화장실이랑 도서실에, 골렘이 접근하는 걸 싫어했거든."

"그랬나요."

"응. 화장실은 나도 알겠어. 골렘이 상대라고는 해도, 누가 보고 있으면 아무래도 차분히 있을 수가 없거든. 하지만 도서실은 이해가 안 되어서…… 물어봤더니 시릴은 어쩐지 부끄러워하면서 '독서는 조용히 하고 싶으니까'라고 했어."

"그렇군요."

"그것도, 시릴이랑 같이 있는 동안에 깨달았어. 시릴이랑 느긋하게 책을 읽는 시간은, 즐거운 거랑은 또 달라서…… 그래도 지루하지는 않았어."

"……그 밖에도, 들려줄 수 있을까요?"

"물론! 얼마든지 이야기할게!"

이그지스터는 기뻐하며 웃고, 많은 일을 이야기해주었다.

실패한 것도, 성공한 것도, 즐거웠던 것도, 힘들었던 것도. 싸운 것, 화해한 것, 곁에 있었던 것, 떨어져 있었던 것.

시릴 씨와 함께한 수많은 추억. 그것을 이야기하는 그녀의 얼굴은 밝았다.

시릴 노트 씨가 풀어놓듯이 이야기한 것과는 달리, 소중한 보물을 선보이는 것처럼. 이그지스터는 시릴 씨와의 나날을 계속 이야기했다.

나만이 아니라 쿠즈하와 페르노트 씨도 그녀의 추억을 듣고 있었다.

"……응. 잘 알았어요. 고마워요, 이그지스터."

몇 가지 추억 이야기가 지나간 뒤에, 나는 그렇게 말을 꺼냈다.

"응? 이제 떠올랐어?!"

"아뇨. 그런 이야기는 아니에요. 다만 오늘은 이제 지쳤으니까 좀 쉬어도 될까요?"

"응, 물론이야! 그럼 시릴의 방에서……."

"아뇨. ……이 사람들이랑 이야기할 게 있으니까, 오늘은 자는 것도 그쪽으로."

"……내일 또, 나한테 꼭 돌아와 줄 거지?"

"예. 내일 또 봐요."

가볍게 손을 흔들었더니 그것이 한때의 이별임을 알았는지 이그지스터가 우리한테서 떨어졌다.

그대로 복도 안쪽으로 사라지는가 싶었을 때, 이그지스터가 문득 돌아봤다.

"아, 그러고 보니 여우 아이는 화장실은 괜찮아?"

"……쿠즈하, 화장실에 가고 싶었나요?"

"어, 아니, 그게……."

"응? 아니었나요?"

"아, 아뇨! 그렇진 않아요! 안내를 부탁드릴게요!"

"그럼 이그지스터. 우선을 그쪽으로 데려다주겠어요? 서둘러서 할 이야기는 아니니까."

"맡겨줘, 시릴!"

나, 라기보다 시릴 씨한테 부탁을 받았다는 것이 무척 기뻐 보였다. 이그지스터는 쿠즈하를 잡아끌듯이 복도 저편으로 데려갔다.

……아마도 거짓말이었을 테죠.

일기를 읽을 때까지 시간 벌이를 부탁했으니까 그 때문이겠지. 앞뒤를 맞추기 위해서라고는 해도, 쿠즈하한테는 미안한 짓을 해 버렸다.

결과적으로 통로에 남겨진 우리 두 사람은 얼굴을 마주 봤다. 먼저 말을 꺼낸 것은 페르노트 씨 쪽이었다.

"아르제. 대답은 찾았어?"

"예. 덕분에요. 미안해요, 페르노트 씨. 이런 부탁을 해서."

"상관없어. 계속 시릴시릴, 그러니까. 한동안 그 이름은 듣고 싶지 않은데 말이지."

농담처럼 웃고 페르노트 씨는 가볍게 윙크를 했다.

하지만 그것은 한순간. 그녀는 금세 평소의 진지한 표정으로 되돌아왔다.

"그래서, 저 아이는 어떻게 할 거야? 설마 보살펴줄 것 같으니까 이대로 이곳에 머무르겠다, 그러지는 않겠지?"

"으—음, 그것도 매력적이기는 하네요."

"너 말이지…… 화낸다?"

"농담이에요."

미간을 추어올린 상대에게 고개를 가로저어 대답했다.

확실히 이그지스터는 나를 보살펴주겠지.

여기는 골렘들이 지켜주고, 시릴이라는 통화가 존재하는 한은 언제까지나 평안한 곳이다.

안전하고, 의식주도 보장되어 있고, 덤으로 목욕탕도 넓고 대우도 좋다.

평소의 나라면 틀림없이 보살펴줬으면 좋겠다고 생각할, 우량한 곳임에는 틀림없다.

하지만 나는 그녀의 보살핌을 받는다는 선택을 하지 않았다.

"저는 시릴 씨가 아니니까요."

억지스럽지 않게, 자연스럽게.

숨을 쉬는 것처럼 그렇게 말할 수 있었다.

누가 뭐라고 부르더라도 더 이상 망설일 일은 없다.

나는 쿠온 긴지이고 아르젠토 밤피르다.

"저 사람이 찾고 있는 건 시릴 씨예요. 저는 시릴 씨가 아니고, 시릴 씨가 될 수도 없으니까요."

바로 눈앞에 있는, 내가 바라는 것. 영원한 호의.

하지만 그 호의가 향해야 할 상대는 내가 아니다. 시릴 씨다.

이대로 내가 그 이름을 이야기해도 되겠지. 그것은 이미, 틀림없이 주인이 죽어버린 이름이니까.

그럼에도 나는 그러자고 생각하지 않았다.

살아있는지 죽었는지, 그건 관계없이 그 애정을 받아야 할 사람이 분명히 있으니까.

"여길 나가죠. 몰래 나가는 게 아니라 이그지스터가 납득하게 만들고, 당당하게."

내 마음은 가야 할 방향으로 향했으니까.

더 이상 망설이는 일은 없다.

"페르노트 씨. 도와줄래요?"

"여하튼 어떻게든 해야지, 안 그러면 저 다크 엘프를 바래다줄 수 없잖아? ⋯⋯그런데 그 아이는 어디로 갔어?"

"읽고 싶은 책이 있다고 하길래 일단 도서실에 두고 왔어요."

"자, 자유롭네⋯⋯. 조금 더 긴장감을 가져도 되지 않을까."

"그녀 나름대로 무언가 생각이 있을 거라 생각해요."

아마도 리셀 씨 나름대로 앞으로의 일이 걱정되고, 불안도 있다.

그녀가 저렇게 얼핏 자유롭게 보내는 것은 확실히 성격이나, 상황을 제대로 이해하지 못했다는 이유도 있겠지.

그럼에도 고향 이야기를 할 때, 불안해 보이는 리셀 씨의 표정은 틀림없이 진짜였다.

리셀 씨도, 이그지스터도.

소중한 것을 생각하며, 자기가 할 수 있는 방법으로 마음의 평정을 유지하고 있다.

나는 그것이 잘못되었다고 여겨지진 않았다.

소중한 것이 없는 나조차 잃은 것을 그리워할 때는 있으니까.

"그럼 일단 제노 군한테 돌아갈까요. 쿠즈하랑 리셀 씨가 돌아오면 다시 앞으로의 이야기를 할게요."

말을 꺼내고 망설임 없이 나아갔다.

이제, 가야 할 방향을 틀리지 않겠다.

115   작전 회의 중의 일행

"······그러니까 역시 아르제 씨는 시릴 씨가 아니다, 그런 이야기군요."

"그런 이야기겠네요. 그러니까 얼른 여기를 나서서 여행을 계속하고 싶어요."

한바탕 설명을 마치고, 쿠즈하가 확인하듯이 꺼낸 말에 그리 대답했다.

지금 우리가 있는 곳은 처음에 갇혔던 응접실 같은 방. 테이블에는 나를 감싸는 것 같은 형태로 모두가 앉아 있었다.

내가 중심인물 같아서 조금 뒤숭숭한 포진이지만 이번 일에 있어서는 내가 중심이니까 참자.

"그에 대해서는 찬성이지만, 어떻게 나가나요?"

쿠즈하에게 대답을 마친 뒤, 잠시 호흡을 두고 의문을 건넨 것은 제노 군이었다.

"가능한 한 원만하게 하려고 생각해요. 이그지스터가 납득하게 만들고, 제대로 나가고 싶으니까요."

"연관되어 있는 상인의 입장에서는 고마운 일이지만, 그리 간단히 될까요······?"

"잠자코 나간다면 모를까, 뭐, 무리겠지. 우격다짐으로 밀어붙일 수밖에 없을 거야."

페르노트 씨는 이미 전투가 벌어지는 것을 전제로 생각하는지

장비를 체크하고 있었다. 허리춤의 장검을 뽑고 느긋한 태도로 바라봤다.

빈틈없이 손질된 검에 비치는 페르노트 씨를 보며 쿠즈하가 고개를 갸웃거렸다.

"우격다짐이라니, 억지로 나간다는 거예요……?"

"그게 아니야. 아르제와 시릴은 다른 사람이라고 말하러 가는 건, 소중한 사람은 역시 돌아오지 않았다고 말하는 거야."

"아…….."

"나로서는 그 정령이 다소 억지로라도 눈앞에 있는 건 소중한 사람이라 생각하려는 것처럼 보여. 그러니까 혹시 그것을 정면에서 전력으로 부정한다면…… 이번에는 그 억지의 창끝이 우리한테 향하더라도 이상하진 않겠지."

"골렘을 조종하는 능력도 있는 모양이니까 상대하려면 힘들겠네요."

"제노. 그리고 문제가 또 하나 있어. ……'다리'를 붙잡힌다면 곤란하겠지?"

"……만약의 경우에 대비해서 말을 확보하는 쪽과 그녀한테 가는 쪽, 이렇게 둘로 나누어서 행동하자는 이야기군요. 그러면 저는 말 쪽으로 갈게요."

"네구세오하고는 여기서도 이야기를 나눌 수 있으니까, 제가 말해 둘게요."

왕국에 있었을 무렵부터 함께한 네구세오는, 여행의 동료라는 의미에서라면 가장 인연이 길었다.

그는 말치고는 지능이 높아서 내 말도 이해할 수 있고, 피의 계약을 맺었으니까 텔레파시처럼 먼 거리에서도 대화도 가능했다.

가볍게 의도를 전했더니 알겠다는 의사가 돌아왔으니 일단은 이걸로 괜찮겠지. 무슨 일이 있다면 그가 스스로 판단해서 움직여줄 터.

"나는 아르제의 보호로 붙을 테니까 같이 가겠어."

"의사소통이 가능한 게 아르제 씨뿐이니까, 리셀 씨도 그쪽이 좋을지도 모르겠네요."

"그러면 쿠즈하는 제노 군이랑 동행이겠네요."

"저, 저기! 잠깐만 기다려 주시는 거예요!"

진행되던 이야기에 제지가 들어왔다.

있는 힘껏 손을 들어 자신의 존재를 어필한 쿠즈하는, 모두의 시선이 모이는 것을 기다린 뒤에 손을 내렸다.

많은 눈이 바라보는 것에 긴장했는지 천천히 호흡을 가다듬은 뒤, 그녀는 말을 꺼냈다.

"저, 이그지스터 씨 쪽으로 가고 싶은 거예요."

"……어째서죠?"

"물론, 이야기하고 싶은 게 있으니까요."

쿠즈하의 시선은 강하게, 무언가 결심했다는 것을 알 수 있는 표정이었다.

그녀와 만났을 때에도, 나는 같은 눈빛을 보았다는 걸 기억한다.

지금 쿠즈하의 얼굴은 어머니를 잃었다는 사실을 알았을 때와 같은 표정이었다.

쿠즈하가 무슨 생각을 하는가, 그것까지는 알 수 없었지만 이렇게 된 그녀를 막는 것은 조금 어렵다.

내버려 둬도 억지로 따라올 것 같은데, 그리 된다면 제노 군이 혼자가 되어버리니 좋지 않다.

잠시 생각한 뒤, 나는 옆에 앉아 있던 페르노트 씨에게 이야기했다.

"페르노트 씨. 네구세오 쪽을 부탁할 수 있을까요?"

"괜찮겠어?"

"예. 쿠즈하한테는 분신도 있으니까, 골렘이 수로 밀어붙이더라도 어떻게든 되지 않을까 해요."

"······말을 확보하면 바로 가세하러 갈게."

"예. 부탁해요, 페르노트 씨."

완전히 납득하지는 않았을지라도, 제노 군을 홀로 둘 수는 없다고 생각했을 테지. 페르노트 씨는 한숨을 내쉬고 받아들여 주었다.

이것으로 한바탕 이야기는 결정되었다.

남은 것은 리셀 씨의 양해를 얻는 것 정도인데──.

"우물?"

──여전히 리셀 씨는 먹고 있었다.

테이블에 펼쳐진 다과를 혼자서 거의 다 정리해 버렸다.

기세는 멈출 기미도 없이, 남아 있는 과자도 엄청난 기세로 리셀 씨의 배로 들어갔다.

먹는 방법 자체는 고상하지만 속도와 양이 터무니없었다.

몇 번이나 본 광경이라고는 해도, 몇 번을 봐도 압도당한다. 저 호리호리한 몸 어디에 그렇게나 들어가는 걸까.

어쨌든 마침 눈이 마주쳤으니까 이야기를 꺼내자.

"으음…… 먹으면서 들어도 되니까 이야기를 좀 드리겠는데, 괜찮을까요?"

입에 쿠키를 밀어 넣은 상태인 상대가 고개를 끄덕였다.

갈색의 긴 귀가 함께 세로로 흔들리는 것은, 움직임을 따른다기보다는 단순히 맛있기 때문이겠지.

귀엽게 까딱이는 귀를 바라보며 나는 말을 던졌다.

"대금고의 주인과 이야기를 좀 하고 싶으니까 위로 올라갈게요. 그러니까 따라와 주셨으면 해요."

리셀 씨는 내 말에 고개를 한 번 끄덕여서 답했다.

그녀는 자신의 눈앞에 있는 홍차를 비우고 한숨 돌린 다음에 나를 봤다. 보라색 눈동자가 그리는 것은 미소였다.

"정령님은, 쓸쓸해 보였어요."

"예?"

"틀림없이, 기다리는 분이 있겠죠. 그리고 그건 아르제 님이 아니다. 그렇죠?"

"……잘 알고 있네요."

"아르제 님의 말을 듣고 주위를 보면서 그렇게 생각했을 뿐이에요."

미소 그대로, 리셀 씨는 일어섰다.

다과가 사라진 테이블을 둘러보고 만족스럽게 한숨.

모두의 시선이 자신에게 모인 것을 확인하듯이 둘러보고, 리셀 씨는 의연하게 말을 던졌다.

"이것도 은혜를 갚는 하나의 방법이 되겠죠. 무슨 일이 있다면 제 활로 지켜드릴게요."

"……뭐라고 하는 걸까."

"아직 조금 모자라다, 가 아닌 거예요?"

굉장히 귀족스러운 느낌이었는데도 말이 통하지 않는 탓에 허사였다.

"으―음……. 일단 리셀 씨가 저랑 같이 행동하는 것에 납득한 모양이에요."

"아, 그랬구나……. 아니, 다과도 사라졌어?!"

다들 이야기를 나누는 사이에 리셀 씨는 엄청난 속도로 계속 먹었다. 그 탓에 페르노트 씨가 먹기도 전에 사라져 버렸나 보다.

큰 접시에 펼쳐져 있던 이상, 이런 건 빠른 사람이 이기는 거다. 나는 빈틈없이 먹었으니까 문제는 없다.

"그럼 저랑 쿠즈하랑 리셀 씨가 이그지스터한테. 제노 군이랑 페르노트 씨는 말과 마차 확보를 부탁해요."

"결행은?"

"그러네요, 일단……."

말을 계속하려던 참에, 문이 열렸다.

방으로 들어온 것은, 조금은 익숙해진 광택이 도는 몸통. 골렘들이었다.

"……내일로 할까요."

가져온 요리와 그것을 반짝반짝 빛나는 눈으로 바라보는 리셀 씨를 보고, 이어질 말이 정해져 버렸다.

여하튼 오늘은 여기서 자겠다고 했다. 1박을 하고, 그리고 움직여도 되겠지.

안전한 곳에서 자는 건 오랜만이니까 모두에게도 좋은 일일 터.

나는 언제 어디서든 신경 쓰지 않고 잘 수 있지만, 페르노트 씨나 제노 군은 매일 밤마다 경계를 서느라 고생했던 모양이고.

다른 사람들도 반대할 생각은 없는 모양인지 골렘이 요리를 늘어놓는 모습을 그저 바라보고 있었다.

"……그보다도, 리셀 씨는 아직 먹을 생각인가요."

"아르제 님? 왜 그러시나요?"

"아뇨, 지금 잠깐 블랙홀에 대해서 생각하고 있었어요."

"블랙……?"

"밥이 맛있겠다는 이야기에요."

설명하는 것도 귀찮으니까 얼버무리기로 했다.

116 대금고의 저녁때

골렘들이 가져온 요리는 점심과 마찬가지로 각양각색에 호화로웠다.

채소조림이나 달걀국 같은 가정적인 것도 있고, 멋들어지게 구운 고기나 과일을 잔뜩 사용한 케이크 등의 사치스러운 것까지.

그리고 그것들 모두가 맛있어 보였다. 점심을 미처 못 먹기도 해서 젓가락이 저절로 움직였다.

사용된 재료는 이세계산이라 잘 모르는 요리도 많았지만, 어느 것도 꽝이 없었다.

"우물…… 맛있네요."

"아르제 씨, 더 드릴까요?"

"아, 고마워요."

남들을 잘 보살피는 쿠즈하가 배려를 해주었기에 순순히 받았다.

쿠즈하는 잘 먹지만 그렇다고 밥에만 집중하는 것은 아니고, 이렇게 주위를 잘 보고 이래저래 움직이는 타입의 여자아이였다.

지금도 나한테 접시를 주는가 싶더니, 제노 군의 컵이 비었다는 것을 깨닫고 물을 따라주었다.

그것을 곁눈질로 바라보며 내 컵을 손에 들고 기울였더니 서늘하니 상쾌했다. 감귤을 짜서 넣었는지 레몬과 닮은 냄새가 코를 지나갔다.

"으—음…… 결심이 흔들릴 것 같네요."

"빠르잖아?!"

"농담이에요."

아주 조금은 아쉽다는 생각도 없지는 않지만, 이미 결정해 버린 일이다.

아무리 그래도 이 정도 일로 결심을 굽히지는 않는다. 나온 음식은 제대로 먹겠지만.

맞은편에 앉아 있는 페르노트 씨는 아까 다과를 못 먹어서 그런지 평소보다 잘 먹고 있었다.

리셀 씨가 있는 식탁에도 익숙해졌는지, 그녀는 자신의 접시에 제대로 음식을 확보했다.

담은 요리는 돼지고기 같은 것을 삶은 요리처럼 맛이 진한 게 많아서 페르노트 씨의 입맛 취향이 엿보이는 라인업이었다.

그것들을 먹으며 페르노트 씨는 사이드 테일을 흔들고는 고개를 끄덕였다.

"뭐, 맛이 좋다는 건 인정할게."

"이거 전부 이그지스터 씨가 만든 거예요?"

"골렘들이 조리를 하는 모양이에요."

"……한 가정에 한 대씩 있으면 좋겠네."

가전제품 같은 평가지만 실제로 그런 느낌이었다.

시설 청소부터 정리, 수리, 그리고 식사 준비까지.

골렘들은 생활에 필요한 능력을 대부분 갖추고 있는 모양이었다. 안내를 받을 때에 이그지스터한테 그렇게 들었다.

"편리하네요……. 하지만 한마디도 안 하는 건 조금, 쓸쓸하네요."

"그러게요……."

골렘들은 불평 한마디도 없이 부지런히 일하는, 말하자면 좋은 종자였다.

지치지도 않고, 수도 많고, 정확하고 정밀. 그건 틀림없이 골렘이 기계이기에 지닌 장점이겠지.

하지만 기계인 골렘은 아무래도 무기질적이었다.

재치 있는 농담은커녕 일상적인 인사말조차 나눌 수는 없다.

그런 골렘들에게 둘러싸여서 변변한 대화도 나누지 못하고 그저 사랑하는 사람이 돌아오기를 기다리는 이그지스터.

틀림없이 그것은 나를 시릴 씨와 착각하고, 그리 믿으려고 하더라도 어쩔 수 없을 정도로 긴 시간이었을 테지.

"……아르제 씨?"

"아, 예. 무슨 일인가요?"

안 되지. 떠오르는 것에 몰두해 버렸나 보다.

쿠즈하의 목소리에, 생각에 잠겨 있던 의식을 되돌렸다.

지금은 제대로 먹는 것에 집중하자. 리셀 씨한테 빼앗겨 버릴 테니까.

"밥풀, 묻었어요."

"어, 아, 미안해요."

생각에 잠겨서 밥을 먹는 사이에, 어딘가에 묻었나 보다.

찰딱 뺨을 만져봤지만 밥풀의 감촉은 없었다. 으음, 어디——.

"——날름."

"흐뉴우?!"

갑자기, 달라붙듯이 이쪽으로 온 쿠즈하가 내 얼굴을 핥았다.

습기가 있는, 까끌까끌한 감촉, 핥는다기보다는 닦는 것처럼, 턱 아래쪽을 문질렀다.

"으응, 쪽."

"히으읏······?!"

강력한 자극에 오싹해서 이상한 소리가 나왔다.

허둥지둥 입을 막았지만, 이미 늦었다. 모두가 태평하게 식사를 하는 참이었으니까 내 목소리는 제대로 울려 퍼지고 말았다.

페르노트 씨도, 제노 군도, 리셀 씨도 우리에게 시선을 보냈다.

화악, 얼굴이 뜨거워지는 것을 자각하고 황급히 고개를 숙였다. 은색 머리카락으로 안색을 가리듯이, 시선에서 도망쳤다.

"응······. 예, 아르제 씨. 떼어냈어요."

그리고 핥은 본인은 주눅 들지도 않고 웃으며 그런 소리를 했다.

부끄러워서 숨이 막히는 것을 자각하며 나는 쿠즈하에게 질문했다.

"저, 저기, 쿠즈하, 지금 그건······?"

"예? 그치만 묻어 있었으니까······. 어머님도 자주, 이렇게 제 뺨을 닦아주셨다고요?"

아무래도 쿠즈하로서는 어머니가 해준 것처럼 나한테도 해줬다, 그런 인식인가 보다.

그녀에게 나는 친구니까 가까운 사람을, 친애를 담아서 돌봐주는 거겠지.

하지만 지금 그건 역시나 부끄러웠다. 남들의 눈이 있는 곳에서 핥은 것도 물론이지만, 무엇보다도 깜짝 놀라서 소리를 높이고 말았다.

"쿠즈하, 그게……. 지금 같은 건, 남들이 있는 곳에서는, 이제 그만해요……."

"…………."

"? 쿠즈하……?"

"아…… 아뇨, 아무것도 아니에요! 그러네요. 저희 집도 아닌데 좀 지나치게 행동했어요. 놀라게 만들어서 미안해요."

미묘하게 반응이 늦었지만 쿠즈하도 납득한 듯했다.

스스로도 새빨개졌다는 건 아니까 놀라게 만들고 말았을지도 모르겠다. 그런 생각을 하며 호흡을 가다듬었다.

열기가 오른 얼굴에서 몇 번이나 깊이 호흡해서 기분과 체온을 가라앉혔다.

"……하아. 정말이지, 놀랐어."

쿠즈하의 커뮤니케이션 방식은 대부분이 어머니를 참고로 하니까 일반적인 것과는 뒤틀려 있는 경우도 많았다.

그 사실은 알지만, 갑자기 얼굴을 핥는 것에는 역시나 놀랐다.

어쩌면 수인 사이에서는 평범한 일일지도 모르지만, 페르노트 씨나 제노 군도 놀란 모양이니 적어도 일반 상식에서 벗어난 일임은 틀림없겠지.

쿠즈하가 핥은 곳의 감촉을 떨쳐내듯이 가볍게 머리를 내젓고, 나는 식사를 재개하기로 했다.

117 심야, 둘만의 시간

"……으응."

눈을 떴더니 인공적인 빛이 있었다.

한순간, 아주 한순간, 원래의 세계로 돌아온 건가 착각할 정도로 익숙한 불빛에 눈을 가늘게 뜨며, 나는 일어났다.

막 일어난 시야로 보는 풍경은 역시나 익숙지 않은 것.

여전히 나는 이렇게 이세계에 있었다.

"아―…… 잠들었나요."

식사를 마친 뒤, 적당히 잠기운이 찾아와서 그에 넘어가 버렸다.

몸에 입고 있던 장비가 벗겨지고 그 상태에서 침대에 누워 있던 것은, 페르노트 씨의 배려겠지. 침대를 가져온 것은 골렘일 테지만.

주위를 둘러보니 전원이 누울 침상을 가져온 모양이라, 모두가 각자의 침대에서 잠들어 있는 모습이 보였다.

약 한 명, 시트로 몸을 휘감아서 찹쌀떡 같은 모습인데, 저건 쿠즈하다. 이불에서 꼬리가 삐져나와서 살랑살랑 흔들리는 것이 조금 귀여웠다.

동물처럼 웅크리고 자는 것은 역시나 수인이기 때문일까.

"……시간을 보면, 지금은 밤늦은 시간, 이겠죠."

만들어진 빛이 비치고 창문이 하나도 없는 대금고에서는 시간 감각을 영 알 수가 없었다.

그래도 이렇게 모두가 잠들어 있는 것을 생각하면 지금 시간은 아마도——.

"——그러네. 감각적이기는 하지만 지금은 심야야."

"……페르노트 씨, 깨어 있었나요?"

"제대로 잤어. 눈이 떠졌을 뿐이야."

페르노트 씨는 벌떡 일어나서 내게 가볍게 손을 흔들었다.

목욕할 때도 본, 머리를 내린 페르노트 씨. 아직 신선하게 느껴지는 모습인 상대에게 나는 물었다.

"시간, 알 수 있나요?"

"대략적으로지만. 기사 시절에 단련한 체내 시계야. 믿어도 돼."

흐흥, 자랑스럽게 페르노트 씨가 가슴을 폈다. 역시 크다.

그녀는 침대 곁에 놓아둔 헤어밴드로 머리카락을 평소처럼 묶더니 소리를 내지 않고 침대에서 내려왔다.

그대로 내 침대까지 와서 그녀는 이쪽으로 손을 뻗었다.

"자다가 깬 사람들끼리 차라도 마시지 않을래?"

거절할 이유가 없었기에 고개를 끄덕이고 순순히 손을 잡았다. 테이블까지 이끌려가서 그곳에 앉았다.

차를 척척 준비하는 페르노트 씨는 왕국에서 몇 번이나 본 모습이었다.

불과 몇 개월 전인데 어쩐지 그립고 안심이 되는 광경. 입가가 자연스럽게 풀어지고 만다.

"……뭐야?"

"아뇨. 어쩐지 그립다는 생각이 들어서."

"우연이네. 나도 그렇게 생각했어."

익숙한 광경을 바라보는 사이에 차 준비가 끝났다.

컵에 따른 액체에 비치는 것은 은발 미소녀.

홍차 같은 향기에 이끌리듯이 손에 들고 기울이자 그리운 맛이었다.

"이건……."

"집에서 가져온 거야. 비싸니까 말이지?"

"……페르노트 씨는, 저를 쫓아서 굳이 여행을 나오신 거죠?"

"그래. 작별 인사도 없이 사라진 녀석한테 설교 좀 해주려고."

그것은 사쿠라노미야에서도 들은 이야기였다.

고작 그걸 위해서 태어나고 자란, 기사로서 섬긴 나라를 나섰다니 솔직히 놀랐다.

페르노트 씨는 진지하다고 할까, 결심했다면 일직선인 구석이 있다고는 생각했지만 설마 이렇게까지 할 줄은 몰랐다.

그리고 그녀가 말했다시피 사쿠라노미야에서는 무척 잔소리를 들었지만, 그건 이미 끝난 이야기니까 제쳐두자. 지금 묻고 싶은 것은 다른 일이었다.

내려놓은 컵의 내용물과 그곳에 비치는 내가 흔들리는 것을 바라보며, 나는 말을 꺼냈다.

"……어째서, 인가요?"

"어째서라니, 뭐가?"

"아뇨, 어째서 나라를 나오면서까지 쫓아왔을까 해서. 이렇게 만날 수 있었으니까 다행이지만, 제가 어디로 가는지도 몰랐는데."

그 의문에 돌아온 것은 말이 아니라 눈빛.

보라색과 금색, 두 색깔의 눈이 동그래져서 나를 포착했다. 이윽고 그것은 기가 막힌다는 듯이 일그러지고 한숨과 함께 말이 쏟아져 나왔다.

"하아, 있잖아……. 보통은 그만큼 같이 있으면 정이란 게 생긴다고. 말도 없이 나가버리면 화가 나거나 걱정이 될 정도로 말이야."

"……그것뿐?"

"'그것뿐'이 아니라 '그걸로 충분'한 거야."

페르노트 씨는 다시금 한숨을 내쉬고 차를 마셨다.

살짝 난폭하게 컵을 놓고 그녀는 나를 바라봤다.

"나는 아르제가 걱정되었고, 말도 없이 사라진 것에 화가 났어. 그래, 저 정령과 마찬가지로…… 쓸쓸하다고, 그렇게 생각했어."

"아……."

"너를 줍고, 네가 눈을 고쳐주고, 같이 살고, 뭐, 너는 항상 엉망진창이었지만……. 그래도, 그 하루하루가 즐겁게 여겨졌어. 갑자기 사라져서 화가 날 정도로 말이지."

"……그런, 가요."

"그러니까 앞으로는 떨어지지 않고 지키겠다, 그렇게 결심했어. ……물론 너를 제대로 된 사람으로 만든다는 목적도 있고."

미소로 말을 마치고 페르노트 씨는 의자에 깊이 몸을 맡겼다.

페르노트 씨 스스로가 정한 일이라면 내게 막을 이유는 없다.

올곧은 시선이 어쩐지 부끄러워서 시선을 피하며, 나는 차를 비웠다.

텅 빈 컵을 천천히 테이블에 내려놓자 그것은 금세 치워졌다.

"더 줄까?"

"아뇨, 이제 괜찮아요."

"그래. 그럼 이쪽은?"

일어선 페르노트 씨가 내 앞까지 다가왔다.

스르륵 뻗은 것은 그녀의 손.

뻗은 손은 나를 쓰다듬는 게 아니라 손목을 드러내는 형태로 멈췄다.

"윽……!"

행동의 의미를 이해한 순간에 급격한 갈증을 느꼈다.

"……흡혈. 한동안 안 마셨지? 마실래?"

"아…….."

꿀꺽. 자연스럽게 목이 움직였다.

페르노트 씨가 말했다시피 공화국에서 아이리스 씨의 피를 마신 이후로, 나는 흡혈을 하지 않았다.

다소 억지스러운 느낌이었지만, 그때 충분히 마셨다. 그 덕에 흡혈 충동이 아직 오지 않기도 했지만, 가장 큰 이유는 다른 것이었다.

떠오르는 것은 꿈의 마을 렌시아에서 엘시 씨한테 흡혈을 당했을 때.

지금 떠올려도 등줄기가 오싹해지는, 그 감각.

엘시 씨는 '흡혈귀가 피를 빨 때, 상대에게 주는 건 자신이 가장 강하게 바라는 것'이라고 말했다.

그리고 그녀에게 있어 그것은 쾌락이었다.

"읏……!"

그렇다면 내가 상대에게 주는 것은 무엇일까.

전생한 뒤로 이제까지, 명확하게 송곳니를 세워서 흡혈한 적은 한 번밖에 없다. 왕국의 숲에서, 크롬이라는 용병을 상대했을 때 뿐이었다.

그때 크롬의 모습은 조금 이상했다. 그건 아마도 내 흡혈이 그녀에게 무언가를 주었던 것이겠지.

내가 원하는 것이라면 낮잠과, 보살펴주는 사람.

그 마음은 내가 피를 빠는 상대에게 어떤 영향을 미치는 걸까.

내게 건넨 페르노트 씨의 손목은 도저히 검을 다룰 수 있다고 는 여겨지지 않는, 날씬한 손목이었다.

눈앞의 가늘고 흰 피부에 송곳니를 박으면 얼마나 기분이 좋을까.

하지만 그것을 저질러 버리면 페르노트 씨가 어떻게 되어버릴 지를 알 수가 없었다.

"아……으…… ."

그때 엘시 씨가 말했다시피.

나는 스스로에 대해 아무것도 모른다.

솟구치는 흡혈 충동에서 도망치듯이 나는 고개를 돌렸다.

"왜 그래?"

"미안해요, 페르노트 씨. 전처럼 손목을 그어서, 그걸로 줄 수 없을까요?"

"……역시 그 흡혈 공주한테 당한 일, 신경 쓰는 거야?"

"……예."

감출 필요는 없다고 생각했기에 순순히 고개를 끄덕였다.

애당초 페르노트 씨는, 왕국에 있는 때는 그렇게 해주었다. 자기 손목을 그어서 흘러나온 피를 찻잔에 따라주었던 것이다.

지금 그러지 않고 직접 손을 내밀었다는 것은, 그녀는 그것을 알고서 확인한 거겠지.

"아르제. 신경 쓸 것 없어."

"……뭐가, 말이죠?"

"흡혈귀가 어떤 존재인지는 나도 아는걸. 기사 시절에 싸운 적도 있고 직접 피를 빨린 적도 있어."

"……그런가요?"

"그래. 그러니까 직접 피를 빨리는 게 어떤 일인지는 알아. 그래도 마셔도 된다고 생각했으니까, 이렇게 하는 거야."

색이 다른 눈동자에 깃든 것은 굳은 결의와, 신뢰.

그 정도는 나도 안다. 자신에 대해서는 모르더라도 상대가 무엇을 생각하는지는, 이렇게까지 하고 말하면 아무리 둔감해도 이해할 수 있다.

"말했잖아. 앞으로는 떨어지지 않는다고."

내민 손을 조금도 물리지 않고 페르노트 씨는 미소로 단언했다.

그렇게 신뢰를 받더라도 내게는 갚을 수 있는 것 따윈 아무것도 없는데.

나는 언제든 게으르고, 귀찮은 건 싫어하고, 아무런 도움도 안 되는 존재다.

그런 내게 올곧은 신뢰를 보낸다고 해도, 아무것도 해줄 수가 없는데.

"……완고한 사람이네요."

"그러네. 덕분에 출세를 못 했거든."

그러면서 웃는 페르노트 씨의 눈에 불쾌한 느낌은 없었다.

있는 것은 어디까지나 올곧게, 나를 바라보는 다정한 시선.

그런 그녀에게 지금의 내가 갚을 수 있는 것이라면——.

"——그럼, 받을게요."

천천히 얼굴을 가져다 대고 그녀의 피부에 송곳니를 댔다.

푹, 살점을 꿰뚫는 감촉이 뇌 안쪽까지 울렸다.

118   달콤하게 차오른 것

"응, 후."

상처를 낸 장소에서 넘친 피가 입 안을 채웠다.

몇 번이나 마셔봤지만, 직접 맛보는 것은 두 번째.

맛만이 아니라 송곳니와 입술, 그리고 혀에 피부와 살의 감촉이 느껴졌다.

그것을 기분 좋다고 생각해 버리는 것은 역시나 흡혈귀이기 때문이겠지.

부드러운 살점의 감촉.

농밀한 피 냄새.

녹아내릴 것 같은 달콤한 맛.

흡혈이라는 행위의 모든 것이 기분 좋았다.

"쪼옥……!"

"윽……!"

피에 취해버릴 것 같던 의식이 페르노트 씨의 목소리에 끌려 돌아왔다.

반사적으로 송곳니를 빼려던 참에, 내 머리를 눌렀다.

"……괜찮으니까, 계속해."

"응, 예에…… 덥석."

끌어안는 것 같은 모양새로 속삭인 그 말에, 나는 따랐다.

그녀가 시키는 그대로 손목을 빨아들이고 꿀꺽꿀꺽, 흡혈을 계속했다.

사양이라는 말이 머릿속에 있던 것은 아주 잠깐.

정신이 드니 내 쪽에서 그녀에게 매달려 게걸스러운 소리를 내
며 피를 원하고 있었다.

······맛있어.

피의 맛은 달콤해서 마실 때마다 목 안쪽까지 끈적끈적하게 녹
는 것만 같았다.

한 입마다 몸이 뜨거워지고, 더더욱 원하게 된다.

혀끝으로 상처를 도려내듯이 움직여서 혈액을 계속 핥았다.

질척질척 젖은 소리가 방에 울렸다. 모두가 깨지는 않을까, 그
리 생각했지만 그런 걱정은 금세 피의 맛에 흘러가듯 사라져 버
렸다.

"하, 응······ 좀 더, 페르노트 씨, 좀 더······."

"응······. 괜찮아, 아르제······."

끌어안고 머리를 쓰다듬는 감촉.

나를 받아들이는 것을 실감하며 몇 번이고 몇 번이고 목을 움
직였다.

"음, 쪽······ 쪼옥, 하앗······ 맛있어, 이거, 좋아, 좋아아······ ♪"

"큿, 아으, 마음껏, 마셔도 되니까, 안 참아도, 되니까······."

손가락이 머리카락을 쓰다듬는 것을 느꼈다. 이따금 손가락이
귀에 닿을 때마다 오싹한 감각이 등줄기를 쓰다듬었다.

간지러운 것 같은, 하지만 싫지 않은 감각.

응석을 부리듯이 그녀에게 찰싹 매달려서 목을 움직였다.

정열적으로 입을 맞추듯이, 젖은 소리를 흘리며 흡혈했다.

"하, 하후…… 푸핫……."

머리가 찡하게 저리는 것을 느끼며 나는 입을 뗐다.

이 이상 마셔버리면 페르노트 씨가 위험할 것 같았다. 멍한 머리로도 그것은 제대로 이해하고 멈출 수가 있었다.

입을 떼고 올려다보니 페르노트 씨는 내 입가의 피를 가볍게 훔쳐서 입 안으로 옮겨주었다.

"하음, 쪽……."

최후의 달콤한 그 맛이 침과 뒤섞여 목 안쪽으로 떨어졌다. 꿀꺽, 그 소리가 머릿속을 저리게 만들었다.

몸이 떨리는 것을 자각하며 깊이 숨을 내쉬었더니, 상대의 손가락이 빠져나갔다. 아련한 붉은색의 실이 뚝, 끊어졌다.

"하…… 후우…… ."

"응…… 아르제, 괜찮아?"

"아, 예……. 미안해요, 페르노트 씨……."

본래라면 배려해야 하는 것은 내 쪽인데 오히려 상대에게 걱정을 끼치고 말았다.

뱃속 깊은 곳에서 열이 나는 것 같은 감각이 들고, 몸이 떨리며 달콤하게 저렸다.

페르노트 씨는 그런 나를 끌어안고 머리를 쓰다듬어 주었다.

그에 감사히 따르며 입 안에 남은 피의 맛을 침으로 넘기고 천천히 호흡을 가다듬었다.

"……페르노트 씨. 아프다든지 그러지는 않았나요?"

"괜찮아. 옛날에 피를 빨렸을 때랑 비교하면 대단치도 않아."

"……빨고 있을 때, 뭔가, 느꼈나요?"

흡혈귀가 피를 빨 때에 상대에게 주는 감각은 흡혈귀가 가장 바라는 것.

엘시 씨한테 들은 말을 떠올리고 나는 페르노트 씨에게 질문했다.

"걱정할 것 없어. 나쁜 기분은 아니었으니까."

"그런가요…… 다행이다……."

페르노트 씨가 그리 대답했다는 것은, 내가 그녀에게 나쁜 기분을 가지지 않았다는 의미였다.

물론 나쁜 감정을 가졌다는 생각은 없었지만, 나는 스스로에 대해서도 모르는 것이었다.

어쩌면 상처를 입히고 말지도 모른다는 불안을 페르노트 씨는 스스로 받아들이고, 부정해 주었다.

내가 그녀에게 준 감각이 무엇인지 신경은 쓰이지만, 지금은 그것보다도 그저 상대가 그렇게 해주었다는 사실이 기뻤다.

피를 빨면서 느낀 고양감과 안겼을 때에 느낀 안도감으로 몸의 힘이 빠져나갔다.

그래도 해야만 하는 일은 잊지 않았다. 내가 입혀버린 상처, 손목에 뚫린 구멍 두 개를 손가락을 쓰다듬고 말을 자아냈다.

"아픈 거 아픈 거, 날아가라."

다소 의식이 또렷하지는 않더라도 이 마법은 잘못되지 않는다. 이 세계에 전생한 뒤로 몇 번이나 사용하고 도움을 받았던 마법이니까.

자아낸 말이 마력을 빚어내고 마법이 효과를 드러냈다.

발동된 힘은 페르노트 씨의 피부를 쓰다듬고 곧바로 상처를 막았다.

회복 마법. 단순한 치료만이 아니라 피의 생성을 돕는 효과도 있으니까 빈혈의 걱정도 없었다.

"고마워, 아르제."

"감사해야 하는 건…… 제 쪽이니까요."

"……침대까지, 옮길게."

거절할 이유도 없고 스스로 걸어갈 기력도 없었기에 순순히 그에 몸을 맡겼다.

둥실둥실 떠 있는 의식 가운데 몸도 둥실둥실 들려 올라갔다.

페르노트 씨는 나를 공주님 안기로 침대까지 옮겨서 다정하게 내려놓았다. 시트가 부드럽게 내 몸을 받아들여 주었다.

달아오른 몸을 차가운 시트가 감싸서 기분 좋았다. 시트에 배인 햇볕 냄새에 몸을 비비니까 마음이 차분해졌다.

"하후…… 고마워요, 페르노트 씨."

"천만에 말씀을."

"응……."

머리카락을 쓰다듬는 감촉이 기분 좋아서 자연스럽게 눈이 감겼다.

후각에 닿는 달콤한 향기는 피가 아니라 페르노트 씨의 냄새였다.

거리가 가깝다는 사실을 불쾌하다고 생각하지는 않았다. 친숙한 사이이고, 이 사람은 다정하다.

놀리면 재밌는 반응도, 나를 지켜주는 그 든든함도, 나를 혼낼 때의 태도도. 모든 것은 그녀의 다정함에서 비롯된 것이었다.

가늘게 뜬 시야에 비치는 것은 어쩐지 촉촉하게 젖은 것처럼 흔들리는 두 가지 색깔의 눈동자.

"페르노트 씨……?"

"저기, 아르제. 자, 잠깐 괜찮을까."

"아, 예……. 뭔가요……?"

아직 머리는 멍하지만 질문에 대답할 정도의 여력은 있었다.

그녀의 뺨은 붉게 물들어서 어딘가 열이라도 있는 것 같았다. 흡혈한 탓일까.

"으음, 그게……. 지, 지금부터 하는 말은 흘려들어도 된다고 할까, 거절해도 전혀 상관없는데……."

"네, 페르노트 씨의 부탁이라면…… 거절하진 않을 거라고요?"

"어, 괘, 괜찮아?!"

"아후…… 항상 신세를 지고 있으니까…… 다소 귀찮은 일이라도, 받아들일게요……."

안 되지, 진정되었더니 이번에는 졸렸다.

의식을 집중해서 잠기운에 견뎠다. 적어도 대화를 마칠 때까지는 깨어 있어야지.

"뭐, 뭐든지……!!"

"아뇨, 뭐든지 들어주는 건 아닌데요……."

그런 말까지는 안 했다.

잠기운이 드리운 머리로도 그건 확실하게 부정해야지. '성실하게 일해라' 같은 소리가 나오면 견딜 수가 없다.

내 목적은 '삼시세끼 낮잠 간식 포함으로 보살펴주는 생활'. 이건 양보할 수 없고 양보할 생각도 없는 것이었다.

"일단 페르노트 씨의 부탁이라면, 전부는 아니더라도, 조금 귀찮은 일이라도 들을게요."

"……어쩐지 단숨에 깨지 않았어?"

"중요한 이야기니까요, 현재의."

방심한 순간에 이상한 약속이라도 맺었다가는 곤란하다. 그런 사기도 많으니까.

이 사람은 그런 짓을 안 할 테지만, 그래도 자신이 하지 않은 말을 긍정했다가는 어딘가에서 문제가 발생할 것 같아서 귀찮다. 자신의 생각은 제대로 알려야 한다.

"뭐, 뭐 됐어……. 있잖아. 그게, 저기……."

"……?"

"왜, 그게. 차를 마시는 동안에 침대는 식어버렸고, 이 침대는 넓으니까 두 사람 정도는 잘 수 있을 거라고 생각하거든."

"그러네요."

받은 침대는, 사이즈를 따지자면 두 사람 정도는 여유롭게 들어갈 수 있는 물건이었다.

그중에서도 내 침대가 한층 더 큰 것은 역시나 이그지스터 씨의 배려겠지. 내가 있던 세계에서의 판정 기준으로 말한다면, 다른 사람들의 침대는 더블 사이즈고 내 침대가 퀸 사이즈 정도의 크기인가.

긍정하자 페르노트 씨는 이쪽으로 확 다가왔다. 다가왔다고 해야 할지, 정확히는 내 침대로 올라와서 몸을 뒤덮듯이 접근했다.

숨결이 닿을 것만 같은 지근거리가 된 상대의 얼굴은 어쩐지 침착함을 잃은 것처럼도 보였다.

"페르노트 씨……?"

"그러니까, 그게, 말이지. 둘이서 자도 괜찮다고 생각하지 않아? 오히려 그러는 편이 따뜻해서 좋을 것 같지 않아?"

"으음……. 뭐, 그럴지도 모르겠네요……."

몸을 맞대고 자는 것은 쿠즈하와 몇 번인가 했던 일이다.

어머니를 잃은 쓸쓸함도 있어서 그런지 쿠즈하는 이따금 내 근처에서 자는 경우가 있었다.

어리기도 해서, 그때는 무척 따뜻했다. 도리어 더울 정도일 때도 있었다.

"그, 그렇지?! 그러니까 오늘은 나랑——."

"——우응?"

"웃?!"

이어지려던 말은 쿠즈하의 목소리에 가로막혔다. 아무래도 대화 소리에 깨버린 모양이었다.

페르노트 씨는 펄쩍 뛰어오르듯이 내게서 단숨에 거리를 벌렸다.

갑작스러운 목소리의 주인인 쿠즈하는 여우 귀를 파닥파닥 움직이며 일어났다. 반 정도 뜬 눈을 비비며 주위를 둘러본다.

"으—…… 벌써 아침인 거예요……?"

"어, 으, 으음……. 아, 아직 밤이야, 쿠즈하. 자도 돼."

"으응…… 알겠다는 거예요……."

멍한 목소리로 그리 대답하더니 쿠즈하는 다시 침대에 누웠다. 풀썩, 소리를 내며 자그마한 몸이 꼬리와 함께 시트로 가라앉았다.

그녀는 금세 잠들었는지 이윽고 규칙적인 숨소리를 내기 시작했다.

"……말을 잘 듣는 아이라서 다행이야."

"후에……?"

"아무것도 아니야……. 아르제도 이만 자. 내일은 싫어도 깨야만 하니까."

"네……. 이야기는 끝인가요……?"

"그래. 머리가 식었으니까, 됐어……. 신경 쓰지 마."

잘은 모르겠지만 상대 안에서는 이야기가 끝났나 보다.

사이드 테일을 풀고 페르노트 씨가 침상으로 들어갔다.

무슨 이야기를 하려고 했는지 신경이 쓰이는 것도 사실이지만, 좋은 느낌으로 졸음이 몰려왔기에 신경 쓰는 건 그만뒀다.

오랜만에 혈액을 섭취한 충족감이 솟구치는 수면욕을 조장했다. 배가 부르면 졸리는 것과 비슷한 느낌이었다.

"안녕히 주무세요, 페르노트 씨."

의식이 꿈으로 잠겨드는 것을 자각하며 말을 던졌다.

스스로도 꺼질 것 같은 음량이라고 생각했지만, 상대는 제대로 손을 흔들어서 답해주었다.

그 사실에 만족을 얻고 나는 눈을 감았다.

뱃속으로 떨어진 혈액의 온기가 금세 의식을 잠으로 떨어뜨렸다.

119   약속의 목적지

"……잘 먹었습니다. 무척 맛있었어요."

눈앞에 있는 것은 최근 며칠 동안 완전히 익숙해진 풍경.

리셀 씨가 대량의 식사를 처리하고 우아하게 인사를 하는 모습이었다.

모두 하룻밤 자고 아침 식사도 했다. 남은 것은 어제 얘기했던 그대로, 이그지스터를 설득하고 나가는 것뿐이었다.

이제는 평범한 일이 된 풍경에 페르노트 씨가 맥 빠진 목소리를 흘렸다.

"익숙해졌다고는 해도, 여행을 재개하는 게 걱정되네……. 식량의 의미로."

"식재료 조달, 열심히 해야겠어요……."

"고마워, 쿠즈하. 바다로 나가면 낚시도 할 수 있으니까 조금은 편해질 거라 생각해."

"……그거, 전혀 안 낚이는 날은 어떻게 하나요?"

"아르제 씨, 무시무시한 소린 그만두자고요?!"

일단 최악도 상정해두는 편이 좋다고 생각했는데 쿠즈하한테 혼이 나고 말았다. 그녀도 리셀 씨 정도는 아니더라도 잘 먹으니까 식량 사정은 심각했다.

바다로 나가기 전에 어딘가에서 한 번 식량을 확보할 수 있다면 좋겠는데. 알레샤 정도까지 바라지는 않겠지만 항구 마을 하나라도 없을까.

그렇지만 지금은 해야 하는 일에 집중하자.

이그지스터에게, 내가 시릴 씨가 아니라고 설득한다. 이제까지도 이야기가 전혀 통하지 않았으니 간단하지는 않겠지.

페르노트 씨가 걱정하듯이 상대가 나를 억지로 구속하려고 든다면 전투가 벌어질 수도 있다.

하지만 그렇다고 해서 시릴 씨를 대신할 생각은 없다.

나는 시릴 아케디아가 아니라 아르젠토 밤피르다. 그것을 부정하고 싶지는 않다.

그리고 시릴 씨도 이그지스터도, 그냥 버려두고 가자는 생각은 들지 않았다.

착각이라고는 해도 그만큼 사랑받았고, 나와 시릴 씨는 다른 사람이지만 완전히 관계가 없지도 않았다. 시릴 노트 씨하고도 약속해 버렸다.

그 누구를 위한 것도 아닌 착각을 끝내고 가야지.

"그럼 갈까요."

요리가 정리된 식기를 바라보며 나는 모두에게 그리 말을 건넸다.

모두가 내 말에 고개를 끄덕이고 각자 준비를 갖추었다.

페르노트 씨는 언제든지 빼낼 수 있도록 검을 메는 위치를 확인하고, 제노 군도 복장을 바로 했다.

쿠즈하는 자신의 털을 확인하듯이 꼬리를 쓰다듬고, 리셀 씨는 어떠냐면——.

"——아, 밥풀이 남아 있었어요."

"아직 먹고 있나요."

"문제없어요. 조금 모자란 참이에요."

"……저기, 저거 뭐라고 그러는 거예요?"

"조금 모자란 참이라는 게 아닐까."

이번에는 정답이었기에 아무 말도 하지 않았다. 딴죽을 거는 것도 귀찮았다.

살짝 힘이 빠지는 가운데도 문손잡이에 손을 대고, 열었다.

복도로 나온 순간에 시야에 들어온 것은 골렘들.

마치 길을 가로막듯이 기계의 몸을 나란히 한 채, 그들은 그곳에 있었다.

"……이건 어떻게 된 거예요?"

"마중, 이라는 게 아닐까요?"

"마중치고는 어마어마하네."

페르노트 씨가 중얼거린 순간에 골렘들이 움직였다.

손가락 둘 달린 팔을, 나를 향해 뻗은 것이었다. 그것도 명백하게 포박을 목적으로 한 움직임으로.

"웃……?!"

놀라면서도 반사적인 움직임으로 다가오는 팔을 회피했다.

겉모습 이상으로 골렘의 팔은 쫙 뻗는 것 같았다.

"아르제!"

"공기 낫!!"

다시금 내게 들이닥치는 대량의 팔이 참격과 바람으로 튕겨나갔다.

쿠즈하와 페르노트 씨가 지켜준 것이었다.

딱딱한 소리가 바닥에 흩뿌려지는 가운데, 전원이 완전히 전투 태세로 들어갔다.

"생각한 것보다 빨리 알아차렸는데……?!"

"어딘가에서 이야기를 들은 걸지도 모르겠네요."

내 피의 계약처럼 떨어져 있어도 골렘에게 명령할 수 있는 능력이 있는 모양이고, 애당초 이곳은 이그지스터가 관리하는 영역이다. 도청 같은 일이 가능하더라도 이상하지는 않았다.

가능하다면 어제처럼 이그지스터가 있는 곳까지 순조롭게 가고 싶었는데…….

"저기, 여기서 순순히 붙잡히면 이그지스터 씨와 만날 수 있는 거 아닌가요?"

"그래서는 안전이 보장되는 건 아르제뿐이야."

페르노트 씨가 말했다시피, 이그지스터에게 소중한 것은 나다. 정확하게는 시릴 아케디아라는, 그녀의 소중한 사람.

그리고 페르노트 씨의 말을 긍정하는 것처럼 골렘 무리가 움직였다.

잘려나간 팔을 대신하겠다는 것처럼 다른 팔이 나타났다. 아무래도 몸에 수납되어 있는 팔은 두 개만이 아닌 모양이었다.

뻗는다기보다는 자라듯이 나타난 팔 끝에는 손가락 두 개의 매직 핸드가 아니라 무기가 장착되어 있었다.

검, 창, 도끼. 낫이나 망치를 든 것도 있었다.

마치 박람회처럼 늘어선 무기의 무리. 흉흉한 빛이 통로를 비추었다.

명백하게 살상능력이 있는 날카로운 모습에 제노 군이 눈을 부릅떴다.

"방어용 장비인가……!!"

"이야기도 안 통할 것 같으니까, 역시 순순히 붙잡히는 건 무리겠네."

"윽…… 아르제 씨! 가죠!"

"예, 알겠어요. 리셀 씨, 요격하면서 위로 갈게요. 괜찮나요?"

"맡겨주세요, 아르제 님."

"쿠즈하, 아르제와 리셀을 맡길게."

"예, 확실하게 지켜줄게요!!"

모두가 말을 나누며 서로의 역할을 확인하고, 밀려드는 공격에 대처했다.

쿠즈하는 곧바로 분신을 마치고 마법을 발사하기 시작했다.

페르노트 씨는 제논 군을 데리고 골렘들을 돌파하기 위해 앞으로 나섰다.

내 쪽도 블러드 박스에서 무기를 꺼냈다.

이전에 계약한 아티팩트, 『꿈의 수련』. 실체 없는 것을 절단할 수 있는 능력도 있지만 평범한 칼로서도 충분한 날붙이였다.

"홋……!"

골렘은 생물이 아니라 기계다. 그러니 거리끼지는 않았다.

나한테만큼은 조심하는지 이쪽으로는 무기를 들이대지 않았다. 오는 것은 생포하려고 드는 팔뿐.

그것들의 공격을 빠른 속도로 회피하고 가까운 것부터 잘라냈다. 전체를 보기 위해서 일단 앞으로 나가지는 않았다.

"그럼 여러분의 호위를 맡도록 하겠어요."

페르노트 씨와 제노 군이 앞으로 나가는 와중에 리셸 씨만은 한 걸음을 물러났다.

아마도 그곳이 그녀에게 가장 좋은 위치겠지.

"리셸리오르 아르크 발레리아. 갑니다."

리셸 씨가 천천히 팔을 벌렸다. 하늘 위가 아니라 천장으로 손바닥을 내질렀다.

리셸 씨가 무엇을 하려는 것인지는 알 수 있었다. 그것은 이미 전날에 본 것이니까.

"자, 잠깐만 기다려요! 여기서 부를 생각인 거예요?!"

리셸 씨의 움직임을 알아차린 쿠즈하가 당황해서 제지하는 목소리가 통로에 울렸지만 그 말은 통하지 않았다. 사용하는 언어가 다르니까 전달되지 않았다.

그리고 의연한 목소리가 통로 안에 울렸다.

"흘러내려라, 하늘의 꽃. 『낙화유혜』"

자아낸 말에 응하듯이 푸른 유성이 떨어졌다.

괜찮을까 걱정한 것은 불과 한순간. 천장을 난폭하게 꿰뚫고 리셸 씨의 활이 모습을 드러냈다.

파편이 별가루처럼 훨훨 떨어지는 가운데, 그녀는 천천히 적을 응시했다. 이미 활시위는 당겨지고 마력의 화살이 빛나고 있었다.

"부탁드립니다."

노래하는 것 같은 말과 함께 빛이 내달렸다.

발사된 화살은 통로를 나아가며 정확하게 골렘을 꿰뚫고, 멈추지 않았다. 관통한 화살이 뒤의 골렘까지 끌어들이며 날아갔다.

파괴음조차 제쳐두고 섬광이 번뜩였다.

"……어머? 이래서는 효과가 희박하겠네요."

리셀 씨가 귀를 움직이며 어리둥절한 표정을 띠었다.

골렘들은 확실히 몸에 바람구멍이라고도 해야 할 손상을 입었다. 하지만 그것이 어쨌냐는 것처럼 끊임없이 밀려들었다.

그것은 엉망진창인 움직임이기는 했지만, 확실히 그녀의 공격은 골렘에게 중상을 입혔다고 말하기는 어려웠다.

……기계니까 말이죠.

아마도 치명적인 손상이 되지는 않았을 테지. 그러니까 골렘들이 멈추지 않았다.

전투를 전제로 했으니까 원래부터 튼튼하고, 약간의 손상이 있어봐야 문제없이 움직이도록 만들어진 거겠지.

"윽…… 리셀 씨!"

어이없다는 표정을 띤 리셀 씨를 쿠즈하의 분신이 홱 낚아챘다. 그리고 한 박자 늦게, 무기들이 무더기로 들이닥쳤다.

본체인 쿠즈하와 나도 골렘들의 공격에서 벗어나고자 물러났다.

물량에 밀려나듯이 방 앞까지 돌아오게 되었다. 차갑고 딱딱한 문의 감촉을 등으로 느꼈다.

"……뒤가 사라졌나요."

"이미 페르노트 씨랑 제노 씨는 갔어요! 제 전력으로 한꺼번에 파괴하는 거예요!"

확실히 쿠즈하와 부시하가 펼치는 마법의 동시 전개라면 효과가 있겠지.

관통이라는 점 공격이 아니라 바람이나 불꽃을 이용하는 범위 공격으로 완전히 파괴한다면 골렘을 막을 수 있을 터.

엄호를 위한 마법을 펼치려던 참에, 움직이는 기척이 있었다.

옆에 있는 리셀 씨가 다시 한번 활을 당기는 것이었다.

"그저 쏘는 것만으로 부족하다면 더욱 부탁드리죠."

"웃……?!"

소유자의 마력을 먹고 다시 나타난 빛의 화살은 금색이 아니라 보라색이었다.

파직파직, 터지는 것 같은 소리를 내며 빛이 일렁였다.

빛과 같은 색깔의 눈을 가늘게 뜨며 리셀 씨가 미소 지었다.

"움직여 주세요."

축문처럼 장엄한 말이 울리고 빛이 해방되었다.

발사된 화살은 똑바로 날아가는 것이 아니라 확산되었다. 공중에서 빛이 흩뿌려지듯이 퍼진 화살은 각자가 출렁거리는 것 같은 움직임으로 골렘들을 덮쳤다.

무수한 빛에 꿰뚫려서 골렘들에게 구멍이 뚫렸다. 뚫린 구멍에서 파직 불꽃이 튀고, 이윽고 무너졌다.

내부에서 폭발하여 산산이 부서진 것이었다.

"어머…… 혹시 전기에 약한 걸까요?"

"번개 마법인 거예요……?!"

리셀 씨의 가벼운 말과는 대조적으로 쿠즈하가 놀라서 소리 높였다.

그렇구나, 번개 계열의 마법이라면 지금의 현상은 이해할 수 있었다.

단순히 위력으로 꿰뚫는 것만이 아니라 내부에서 전기로 구웠을 테지.

어떤 기술이 사용되었는지는 정확하게는 알 수 없지만, 골렘들이 움직일 수 있는 것은 명백하게 정밀한 기계 기술 덕. 고압의 전기에 노출된다면 파손되는 것은 당연했다.

"리셀 씨, 그 활, 마법을 쏠 수도 있는 건가요?"

"예. 소유자가 가진 마법의 위력과 사정거리를 상승시키는 것이 두 번째 권능이에요. ……계속 오는 것 같은데, 어떻게 하죠?"

"리셀 씨는 지금 그걸 계속해 주세요. 쿠즈하, 쏜다면 불 마법으로 부탁해요."

"알겠어요, 아르제 님."

"알겠어요!"

효과적인 번개 마법. 그와 마찬가지로 기계의 약점이 되는 것은 열이다. 그리 판단하여 두 사람에게 지시를 내렸다.

탄내를 돌파하며 나는 달려갔다.

그 벽창호한테 가서, 약속을 이루기 위해.

120 전직 기사는 애가 탄다

"웃기지 말라고……!"

명백하게 이쪽의 목숨을 배려하지 않고 다가오는 무기의 무리.

아르제를 상대로 하는 포박과 우리를 상대로 하는 공격. 이 온 도차가 골렘들의 주인이 가진 의사를 나타내고 있었다.

다시 말해서 아르제를 제외하면 어떻게 되든 상관없다는 것이 었다.

……농담도 정도껏 해야지!

대금고의 정령인지 뭔지는 모르겠지만, 아르제는 넘기지 않는다.

애당초 아르제는 그녀가 바라는 사람과 다르다. 닮았을지도 모르겠지만, 시릴이라는 인물과 아르제는 틀림없이 별개의 인물이다.

종족도 다르고, 듣자하니 성격도 다르다. 닮았다고 해도 겉모습뿐인 이야기다.

……알고 있을 텐데.

틀림없이 그녀도 아르제가 다른 사람이라고 마음속 어딘가에서는 이해하고 있다.

그러고서도 그것을 무시하고 아르제를 자신의 것으로 삼으려고 한다.

그런 웃기지도 않는 이야기가 있어서야 되겠는가.

"자신의 감정을 밀어붙이고…… 추억까지 얼버무리려고 하다니, 어이없잖아!!"

이 말이 과연 닿을지는 알 수 없다. 닿는다고 해도 틀림없이 그 벽창호 정령은 무시하겠지. 그래도 외치지 않을 수가 없었다.

이 세상에는 대신할 수 없는 것이 잔뜩 있다. 사라지고 돌아오지 않는 것 따윈 그야말로 허다하게 굴러다닌다.

그럼에도 남겨진 소중한 추억을, 그렇게 즐거운 듯이 이야기한 옛날이야기조차도 뿌리치고, 그녀는 지금 대용품으로서의 누군가에게 매달리려 한다.

그것이 얼마나 슬픈 일인지, 조금만 생각하면 알 수 있는 일인데.

"방해된다고!"

분노를 검에 실어서, 감정적으로 골렘들을 베어냈다.

어느 정도 베어내어야만 움직임이 멈추는 것은 귀찮지만, 쓰러뜨릴 수밖에 없었다.

제노가 말하던 '기계'라는 게 어떤 것인지는 잘 모르겠지만, 일단 생물이 아니라면 조심할 필요도 없다.

숫자로 밀려드는 상대는 기사 시절에 몇 번이나 상대했다. 이런 상대, 내게는 조금 터프한 몬스터에 불과했다.

"제노, 그쪽은?! 도움은 필요해?!"

"어, 어찌어찌 괜찮아요!"

말을 건넨 상대는 필사적으로 응전하고 있지만, 보아하니 골렘의 공격에 제대로 대처해내고 있었다.

필요 최소한의 움직임으로 회피하고, 경우에 따라서는 단검이나 마법으로 공격하며, 깊이 쫓지는 않는다.

움직임은 솔직히 나한테는 뒤처지고, 본인도 아마 아슬아슬한 정도까지 노력하는 거겠지.

그럼에도 그가 스스로 이야기하다시피, 그건 아직 '괜찮다'라고 할 수 있는 범위 안이었다.

……나름의 경험이 엿보인다.

제노의 움직임은 위태로운 측면도 있지만, 결코 내가 불안에 떨 정도는 아니었다.

오히려 전력으로 생각해서 살아남을 가능성이 보다 더 높은 쪽을 선택한다는 것을 알 수 있는 움직임이었다.

자신의 실력을 올바르게 판단하고 어떻게든 활로를 개척하자는 의도가 보였다.

행상인은 자칫하면 기사보다도 위험한 직업이다.

그들은 상업 길드라는 단체에 소속되어, 특정한 국가의 이익을 위해서는 움직이지 않는 것을 조건으로 수많은 나라의 출입이 허락된다.

중립이라는 것은 어떠한 나라의 뒷배도 가지지 않는다는 것. 그것은 즉 '자신의 신변에 무슨 일이 있어도 보장해주는 곳은 없다', 그런 의미다.

덧붙여서, 행상인들끼리 사이가 좋으냐 하면 그렇지도 않다. 그들은 자신의 이익을 위해서라면 태연하게 동업자도 몰락시킬 법한 직종이다.

틀림없이 몇 번이나 위험한 다리를 건너고 살아남았을 테지. 그런 것치고는 무른 구석도 있지만 그건 그의 천성이라고 생각한다.

처음에는 아르제와 만날 때까지 그를 호위하는, 다시 말해서

고용주와 용병이라는 관계였지만 예상보다 더 인연이 길어지고 말았다.

그가 말하는 것이기에, 신용할 수 있다. 괜찮다고 한다면, 나는 그를 걱정하지 않고 앞만 보면 된다.

"말을 묶어둔 건 아래층이니까 아직 앞길은 길어!"

"괜찮아요, 발목을 잡지는 않아요……!"

"좋은 대답이네, 그럼 간다……!!"

냉큼 말이 무사한지를 확인하고 아르제에게 가세하러 가야만 한다. 지금은 아직 초반에서도 초반인 것이다.

……아무리 그래도 말을 죽이지는 않을 거라 생각하지만.

도망칠 수단을 망가뜨린다는 의미라면, 단순히 아르제 쪽만을 격리해 버리면 그만이다.

애당초 상대는 아르제 말고는 흥미가 없다. 그런 것도 포함해서 말은 무사할 가능성은 높다.

하지만 만에 하나의 경우도 있다. 여기서 움직일 수단을 잃은 것은 뼈아프다.

이 여행의 멤버로는, 긴 여행에는 걸맞지 않은 연비인 다크 엘프에, 내버려 두면 세계가 끝날 때까지 자고 있을 것 같은 게으름뱅이 흡혈귀까지 있다.

무엇보다도 아르제가 데리고 있던 그 검은 말은 그 아이의 마음에 들었다.

여하튼 귀찮은 일은 싫어하는 그 아이가, 먹이나 물을 주거나 때로는 브러싱까지 해준다. 이름은 네구세오라는 웃기지도 않는 이름이지만 그걸 붙인 건 아르제니까 어쩔 수 없다. 그 아이, 일부러 그러는지 진심인지 모르겠지만 센스가 독특한 모양이고.

어쨌든 본인이 자각하고 있는지는 알 수 없지만, 적어도 곁에서 보고 있으면 아르제는 네구세오를 소중히 대하고 있다. 잃어버리면 슬퍼하겠지.

슬퍼하는 아르제는, 보고 싶지 않다.

나는 그녀를 지키겠노라 결심했으니까.

그건 다시 말해서 마음도 지키겠다는 의미다.

"……정말이지, 부족하다고."

떠오르는 것은 어젯밤에 있었던 일.

처음으로 아르제가 직접 깨물어서 피를 빨았다.

물린 것은 왼쪽 손목으로, 지금도 감촉이 남아 있는 것 같았다.

물론 아르제의 회복 마법으로 치유되었으니까 남아 있는 건 그저 환상통이다.

그럼에도 떠올리고 가슴 안이 뜨거워졌다.

그만큼 어젯밤은 내게 있어 행복한 시간이었다. 오랜만에, 그것도 예전 이상으로 아르제와 접촉할 수 있었으니까.

그 아이가 피를 빨 때에 느끼던 것은 어쩐지 평온과도 닮은 감정. 가슴 안쪽이 따듯해져서 언제까지고 피를 빨리고 싶어지는 것 같은 기분.

통증은 동반되지 않고, 피를 빨리는 것에 오히려 충족되는 느낌마저 들었다. 그건 그런 흡혈이었다.

그건 좋다. 오히려 좋다. 매일이라도 상관없다. 최고라는 표현까지 할 수 있다.

안타까웠던 것은 그다음이었다.

"좀 더 응석을 받아주고 싶었어……!!"

"페르노트 씨, 무슨 이야길 하는 건가요……?!"

"아무것도 아니야, 신경 쓰지 마!"

지금 새어 나온 것은 마음의 외침, 다시 말해 혼잣말.

그때 쿠즈하가 깨지 않았다면 같은 침대에서 잘 수 있었다.

쿠즈하를 책망하는 심정은 물론 없지만, 조금 더 자고 있었더라면 하는 기분은 있다.

무엇보다도 낮에, 아르제는 쿠즈하와 거의 딱 달라붙어 있다.

오늘도 식사 중, 뺨을 핥기도 하며 사이 좋은 모습을 보였다. 나도 조금 더 그런 기회가 있어도 될 텐데. 아무리 그래도 핥는 것은 주저되지만.

갈 곳 없는 답답한 심정을 풀기 위해 나는 칼을 휘둘렀다.

"막아선다면, 용서치 않겠어!"

"페르노트 씨, 어쩐지 화가 나지 않았나요……?!"

"화 안 났어! 이 녀석들을 부수고 상쾌해질 거니까!"

"그건 지금은 화났다는 거잖아요?!"

시끄럽네. 집중 안 하면 다친다고.

골렘에게 원한은 없지만 눈앞에 있는 게 잘못이다.

엉뚱한 화풀이를 자각하며, 나는 더욱 가속했다.

121 잘못된 장소

"얼마나 있는 거예요……?!"

쿠즈하가 비명 같은 소리를 높이며 근처의 골렘을 걷어차서 날렸다.

수인의 각력이 금속제 몸통을 마치 공처럼 날려버렸다.

"여우불, 『화회(火廻)』!!"

복귀를 허락지 않고 추가타로 마법이 날아갔다.

무수한 불덩어리가 꽃잎처럼 날고, 기계의 몸이 불길에 휩싸였다.

그리하여 격파된 동료의 잔해를 밟고 넘어서서 또 다른 골렘이 들이닥쳤다.

"200대는 부쉈다고 생각하는데요……. 바람 씨, 부탁해요."

나를 붙잡으려고 다가온 기계의 무리에게 바람의 마법을 날렸다.

골렘들은 다각(多脚)을 내디디며 바람에 버티려고 했지만 견디지 못하고 휘말려서 날아갔다.

"움직여 주세요……!"

처박히듯이 바람에 굳은 골렘들에게 번개의 화살이 날아갔다.

한꺼번에 꿰뚫린 기계 무리가 무너진다.

뒤늦게 찾아온 폭발의 꽃을 느긋하게 바라보고, 리셀 씨는 긴 귀를 흔들며 한숨을 내쉬었다.

"생물과 달리 죽음을 두려워 않고, 자신이 상하는 것을 신경 쓰지 않고 다가온다는 건 성가시네요. 피해에 따라 사기가 내려가는 경우도 없는 모양이고."

그 점은 확실히 성가시고 무척 귀찮았다.

골렘은 어디까지나 충실하게 주인의 명령을 달성하고자 한다.

기계인 그들에게 의식은 없다. 적을 두려워하지도, 쓰러진 아군에 슬퍼하지도 않는다. 무감정하게, 그저 충실하게 대금고의 주인이 원하는 바를 이루고자 다가온다.

내게 다가오는 것은 포박, 쿠즈하와 리셀 씨에게 다가오는 것은 공격. 그것은 틀림없이 대금고의 주인인 이그지스터의 의사였다.

……이렇게까지 하나요.

전투가 벌어질 수도 있다는 걱정은 페르노트 씨도 했고, 나도 그런 가능성은 생각하고 있었다.

하지만 이렇게까지 강경하게, 다른 사람들에게 상처를 입히기까지 할 거라고는 생각하지 않았다.

귀에 딱지가 생기지는 않을까 싶을 만큼 시릴 씨가 얼마나 소중한지를 들었으니까 이유는 이해할 수 있지만, 이건 명백하게 폭주다.

전혀 끊길 기미가 없는 골렘들을 공격하며 쿠즈하가 외쳤다.

"지금, 어디쯤인 거예요……?! 애당초 이그지스터 씨는 어디에 있는 거예요?!"

"더 위층에…… 아마도 그녀는 자기 방에 있어요."

지금 우리가 향하고 있는 상층부, 가장 안쪽에 가까운 곳에는 그녀의 방이 있다. 틀어박힌다, 라는 의미라면 그곳이겠지.

시릴 씨의 방이나 골렘을 생산하는 공장 지구일 가능성도 있지만, 그것들은 모두 대금고의 위층에 있다.

가능성이 높은 장소는 모두 위. 그렇다면 가야할 곳은 위다.

피라미드 형태라는 구조상, 위층으로 갈수록 한 층당 면적은 좁아진다. 생산지가 가깝기도 해서 골렘의 숫자도 늘어났다.

위로 올라갈수록 시야를 메우는 금속의 무리가 늘어나는 것에 맥 빠지는 심정을 느끼며, 나는 달려갔다.

포위망의 틈새를 작은 몸과 속도를 활용하여 파고들어, 『꿈의 수련』을 순간적으로 휘둘렀다.

"방해돼요……!"

말이 통하지 않는다는 것을 알면서도, 성가시다는 생각에 자연스레 불평이 나왔다.

당연하다는 듯이 무시당하고, 추가 골렘이 다가왔다.

"이제 골렘은 질렸어요……! 여우 불,『봉선화(鳳仙火)』!!"

쿠즈하도 짜증이 나는지, 점점 마법 사용이 조잡해졌다.

광범위하게 불덩어리 무리가 쏟아지고, 주위의 바닥이나 벽, 천장과 함께 골렘을 불태웠다.

불길이 몇 발인가 뒤쪽에서 나를 스쳐갔지만, 아무리 그래도 나는 계산에 넣어뒀겠지.

리셀 씨의 보라색 전기 화살에 따른 피해도 있어서 통로는 탄내로 가득했다.

뚫린 천장도 포함해서 나중에 수리비가 청구된다면 제노 군이 올 것 같지만 지금은 그럴 때가 아니었다. 한순간 스친 쓸데없는 생각을 걷어내듯이 칼을 휘둘렀다.

금속제 몸통도 간단히 베어내는 『꿈의 수련』의 날카로움에 감탄하며, 나는 두 사람에게 말을 건넸다.

"두 사람 다, 여력은?"

"문제없어요. 이 정도라면 앞으로 반나절은 계속 쏠 수 있겠네요."

"아직 계속 할 수 있어요!"

솔직히 이 멤버라면 위험은 없다.

쿠즈하는 분신과 마법으로 다수를 상대하기에는 적합하고, 리셸 씨도 생각한 것 이상으로 고화력에 광범위였다.

내 쪽도 치트 수준의 능력을 가졌고, 긴급 시의 수단으로 회복 마법도 있다.

이쪽은 적이 다가오는 방향으로 향하고, 상대의 목표인 내가 있다. 그걸 생각해도 위험도로 따지자면 페르노트 씨와 제노 군 쪽이 더 높겠지.

전력의 측면에서 페르노트 씨는 걱정 없지만 제노 군은 조금 불안했다. 약하지는 않을 테지만 우리같이 인간을 벗어난 존재도, 페르노트 씨 같은 전투 직종도 아니다. 무사하다면 좋겠는데.

네구세오 쪽도 신경 쓰이지만 저쪽은 위험하다면 연락을 취할 터. 어제 계획은 알렸으니까 아무런 말도 없다면 괜찮은 거겠지.

몇 번째인지 세는 것도 귀찮아진 계단을 올라가서 더욱 위층으로. 이제 그만 끝도 보일 무렵이었다. 그렇다고 할까, 슬슬 귀찮아져서——.

"——아르제 씨, 저거! 골렘을 만드는 곳 같은 거예요!"

쿠즈하가 가리킨 곳. 커다란 문 너머에서 골렘이 차례차례 나타나는 것이 보였다.

"……먼저 저쪽을 제압하는 편이 낫겠네요."

저곳은 어제 이그지스터가 안내했던 장소다. 둘러보면 기억이 날지도 모른다며 데리고 다닌 장소 중 하나.

시릴 씨가 혼자서 만들었다는 골렘 생산 라인은 솔직히 내가 봐도 전혀 알 수 없었다.

여기저기에 아티팩트 같은 것이 있고 그것들이 기계적으로 접속되어 있던 공장은, 재료 보충부터 제작까지 모든 것이 자동화되어 있었다.

그런 정밀한 기계의 결합. 초보자인 내가 살펴봐야, '상당히 고도의 기술로 만들어져 있다'라는 정도밖에 알 수 없었다.

다시 말해서 원리는 불명이라 멈추려고 하면 부술 수밖에 없었다.

기계니까 부순 뒤에 마법으로 고칠 수는 없겠지만 나중 일은 나중에 생각하자.

끊임없이 공격당하는 것은 솔직히 성가시고, 이래서는 이그지스터와 대치했을 때에 변변히 이야기도 못 나눈다.

"골렘의 근원을 끊겠어요. 두 사람 다, 가죠."

"알겠어요!"

"알겠어요. 하지만 이상하네요."

"리셀 씨, 무슨 신경 쓰이는 일이라도?"

활을 쏘는 동작을 멈추지 않고 리셀 씨가 생각에 잠긴 표정을 띠고 있었다. 그 표정 그대로 발사한 화살이 골렘을 꿰뚫었다.

방해꾼이 사라진 통로를 지나가며 리셀 씨는 내 의문에 대답했다.

"시릴 대금고의 방비는 마대륙에까지 널리 알려졌을 정도로 튼튼한 것으로 유명해요. 지어졌을 때부터 지금까지 외적의 침입을 허락한 적은 없다고 들었어요. 저희가 처음부터 내부에 있었다지만……그런 것 치고도 조금 위협이 약하다고 생각하지 않나요."

"……확실히, 조금 이상하기는……."

그 말을 듣고 의문을 느껴 생각에 잠겼을 때, 좋지 않은 예감이 들었다.

생산장으로 이어지는 문을 지난 순간에 찾아온 위기감에 나는 순순히 따랐다.

근처에 있던 쿠즈하와 리셸 씨를 잡아당기며 옆으로 훌쩍 뛰어서 피했다. 쿠즈하의 분신까지는 손이 부족하니까 포기했다.

회피하자마자 한 박자 늦게 찾아온 대질량이 바닥을 부수었다.

"큭……?!"

강렬한 진동이 발밑을 흔들고, 충격이 돌풍마저 일으켰다.

쿠즈하의 분신이 파괴에 말려들어 한꺼번에 사라졌다.

우리 쪽도 회피할 수는 있었지만 셋 다 넘어져 버렸다.

"아르제 씨, 괜찮은 거예요?!"

"예, 괜찮아요……. 미안해요, 쿠즈하. 부시하까지는 손이 미치질 않았어요."

"아뇨, 그건 상관없는데……. 그보다도 부시하는 이미 아르제 씨 안에서 결정이 된 거예요……?"

또 미묘한 표정을 짓게 만들고 말았다. 좋은 이름이라고 생각하는데 말이지. 쿠즈하의 분신이니까 부시하.

분신이 사라지며 셋으로 돌아온 꼬리를 흔들며 쿠즈하는 벌떡 일어섰다.

"죄송해요, 아르제 님. 또 도움을 받고 말았어요."

"그건 괜찮아요. 무사하다니 다행이에요."

일어서는 것까지 도울 필요는 없다고 생각했기에 리셀 씨에게 손을 빌려주지는 않았다. 무엇보다 그럴 겨를도 없었다.

흙먼지에서 빠져나온 것은 거대한 검. 사람의 몸으로는 도저히 받아낼 수 없을 법한 크기는 역시 골렘의 것이었다.

"……너무 크지 않나요?"

눈대중으로 5미터는 될 거대한 골렘이 그곳에 있었다.

보아하니 도저히 통로를 다닐 수는 없는 크기였다. 아마도 여기서 만들어진 뒤, 다른 루트를 통해 바깥으로 출격할 수 있는 거겠지.

넓은 공장 안에서조차 갑갑해 보이는, 거대 골렘이 검을 다시 회수했다.

"안심해. 시릴한테는 안 닿도록 하고 있으니까."

"……그런 문제가 아니겠죠."

골렘의 머리 위에 그녀는 서 있었다.

구리색 머리카락을 흩날리며, 은빛 눈을 가늘게 뜨고, 금화처럼 번쩍이는 지팡이를 든 채로.

목소리의 주인을 응시하며 나는 그녀의 이름을 불렀다.

"……이그지스터."

"여, 시릴. 조금만 기다려 주겠어? 지금부터 시릴을 홀리고 있는 사람들을 징벌하려는 참이니까."

시선은 나를 향했지만, 내가 아닌 다른 사람을 보고 있는 이그지스터가 웃었다.

그녀의 표정은 어디까지나 밝았다. 자신이 하는 일은 그저 옳다고, 조금도 의심하지 않았다.

그렇기에 저 아이는 슬프다.

아무도 막을 사람이 없는, 외톨이 요정.

이제 끝을 내기 위해서 나는 한 걸음을 내디뎠다.

122 이름을 부르고

"이그지스터. 다시금 말할게요. 저는 시릴 씨가 아니에요."

"아니. 너는 틀림없이 시릴이야. 계속 시릴 곁에 있으면서 너를 보았어. 누구보다도 곁에 있었고, 누구보다도 잘 알아."

……역시 전해지지 않나요.

단절이라고도 할 수 있을 만큼 내 말이 전해지지 않았다. 분명 듣고는 있지만 이해하려 하지 않는다.

눈앞에 있는데도 너무나 멀다. 그녀는 내게 향하는 미소와는 정반대인 차가운 눈빛을 쿠즈하와 리셀 씨에게 보낸다.

"정말이지. 나의 시릴한테 거짓말을 해가면서 다른 사람으로 취급하다니."

"안 했다고요?!"

"아니, 하고 있어. 시릴이 즐거워하니까 참고 있었지만, 내 참을성에도 한계라는 게 있어. 이제 시릴을 속이는 건 그만하지 않겠어?"

"……무슨 말을 하는지는 이해하기 어렵지만, 적어도 아르제 님의 말에 담긴 의도는 전해지지 않은 것 같네요."

이그지스터는 빨간 머리카락을 쓸어 올리고 지팡이를 들었다. 효과는 불명이지만 아티팩트라는 사실은 알고 있는 금색 지팡이를.

"자,『울려 퍼지는 금화수』. 나의, 우리의 시릴을 되찾을까!"

골렘의 머리에 지팡이 밑동을 떨어뜨린 순간, 소리가 울렸다.

동전을 바닥에 흩뿌린 것 같은 요란스러운 소리의 연속. 방 안에 소리가 울려 퍼지며 명백한 변화가 발생했다.

골렘들의 움직임이 명확하게 빨라진 것이다.

한눈에 알 수 있을 만큼 날카로워진 공격과 포박의 무리가 밀려들었다.

"속도가 올라갔나요……!"

"윽…… 일격도 무거워졌어요! 미수 분신, 추가할게요!!"

"뭐, 단순히 빠르고, 강하고, 단단해지는 것뿐이야. 그럼 짓뭉개 주겠어."

골렘 전체의 강화. 단순하지만 심플하고 강력한 효과였다.

그대로도 귀찮은 군대가 더욱 강화되었다.

게다가 지금은 소형 골렘만이 아니라 대형까지 나와 있다. 조금 전과 비교해서 보통 성가신 게 아니다.

"아직 더 늘어나는 거예요……?!"

"이제까지는 여기까지 침입을 허락한 적이 없었으니까 대형 골렘 사이즈와 통로의 사양 상, 내부로 침입했을 경우의 약한 부분은 다음 과제겠네……. 뭐, 그건 나중에 해결해도 돼. 지금은 너희를 배제하고 시릴을 돌려받는 게 먼저야."

툭툭. 재촉하듯이 지팡이가 골렘의 머리를 두드리자, 방 안쪽에 있는 문에서 대형 골렘이 추가로 나타났다.

처음에 있던 것과 합쳐서 숫자는 여섯. 덤으로 그것과는 별개로 2미터 정도의 중형 골렘까지 나타나기 시작했다. 안쪽에는 아직 대형의 그림자도 보였다.

그것들을 만족스럽게 바라보며 이그지스터가 말을 꺼냈다.

"외부에 대기시켜 둔, 평소에는 순찰과 방어에 사용하는 아이들이야. 이것이 시릴 대금고의——."

"——움직여 주세요."

말이 안 통하는 리셀 씨가 분위기를 못 읽고 날렸다.

보라색 번개 그 자체인 화살은 인공물인 바닥을 스치듯이 날아가고, 골렘들을 쓰러뜨렸다.

하지만 그것은 이제까지 쓰러뜨렸던 소형 골렘뿐. 중형과 대형골렘은 전격을 받고서도 태연한 모습으로 그곳에 서 있었다.

"……만족했나? 이것이 시릴 대금고의, 진정한 방어력이야."

"움직임을 멈출 수도 없나요……!"

"리셀 씨, 조금 더 물러나 주시는 거예요!"

말이 안 통하는 상황에서도, 쿠즈하가 리셀 씨를 뒤로 잡아당겼다.

뒤늦게 날아온 무수한 창이 새하얀 바닥을 도려냈다.

"간발의 차, 이번에는 안 맞았어요……!"

"……계속해서, 움직여 주세요."

회피 다음의 사격을 진행하여, 이번에야말로 중형 골렘을 몇 대침묵시켰다. 직격이나 여러 발이라면 쓰러뜨릴 수 있는 듯했다.

쿠즈하와 리셀 씨가 무사하다는 것을 확인하고서, 나도 무기를휘둘렀다. 『꿈의 수련』은 상당히 날카로워서 강화된 골렘의 장갑도 문제없이 베어냈다.

"하지만, 이건 역시나……!"

아무리 그래도 숫자가 너무 많았다. 단순한 회피로는 더 이상 타이밍을 맞출 수가 없었다.

속도가 빨라지는 것도 그렇거니와, 공격의 밀도가 너무 두터웠다. 다소 베어낸다고 회피할 수 있을 만큼 여유롭지 못했다.

내게 다가오는 것은 무기가 아니라 포박을 목적으로 하는 팔뿐이지만, 그럼에도 쏟아지는 빗방울을 회피하는 것에 맞먹는 막대한 물량이었다.

"안개화⋯⋯!"

신체 능력만으로는 더 이상 회피할 수가 없었기에 흡혈귀의 능력을 섞어서 회피를 속행했다.

한순간만 자신을 안개로 바꾸어 지나가고 즉각 안개화를 해제. 지나간 기계의 팔에 작별 인사를 하듯이 검을 휘둘렀다.

그렇게 빠져나간 곳에도 당연하다는 듯이 무수한 팔이 있어서 생각하는 것처럼 앞으로 나아갈 수는 없었다. 오히려 물량에 억지로 밀려나고 있었다.

쿠즈하와 리셀 씨도 여유가 없는지 공격과 회피의 밸런스가 후자 쪽으로 기울고 있었다.

그리고 공격의 밀도가 줄어들면 이제는 밀려날 뿐이었다.

"⋯⋯이그지스터!"

"시릴, 이제 그만 알아듣는 게 어때?"

"⋯⋯저는, 시릴 씨가 아니에요!"

"아니, 너는 시릴이야. 내가 그렇다고 생각하니까. 나는 계속 시릴이랑 같이 있으면서 그녀를 봤어. 그러니까 알아. 시릴에 대해서는 누구보다도 잘 알아."

"그렇겠죠……!"

확실히 그녀는 시릴 씨에게 창조되고, 시릴 씨에게 길러지고, 시릴 씨에게 사랑받았다.

필요로 하고, 원하고, 서로 붙어 있었다. 그건 이미 충분히 아는 바였다.

시릴 노트 씨의 말, 이그지스터의 말. 그리고 두 사람의 표정과, 이곳 대금고에 남겨진 시릴 씨의 흔적.

그것들 모두가, 누군가를 사랑하고 있음을 알 수 있는 것이었다.

나로서는 그럴 수는 없고, 그렇게 해주는 상대도 없다.

누군가를 사랑하는 방법 따윈 모르고, 자신이 사랑받을 법한 사람이라 여겨지지도 않는다. 다만 그렇게 해주고 보살펴줄 사람을 바라지만 아직 만나지 못했다. 즉, 나는 아직 모자라다는 뜻이다.

모든 게 어중간해서, 누군가와 마음이 통하는 사이가 된다는 건 내게는 불가능하다.

"그렇다면 알고 있을 텐데요, 이그지스터!"

"……? 뭘 말이야?"

내 말의 의도를 이해하지 못하는 상대를 향해, 말을 더욱 추가하기 위해서 숨을 들이마셨다.

그리하여 담긴 숨을, 말과 공격을 위해서 해방했다. 몇 겹이나 있는 둔탁한 빛을 베어내고 목소리를 날렸다.

"당신은, 내게 많은 이야기를 해줬어요!"

"응, 그래. 그도 그럴게, 너와 나의 추억인걸. 얼마든지 이야기할 수 있어. 어디까지고 기억하다마다."

"그렇다면 어째서, 내가 다른 사람이라는 걸 이해하려 하지 않 나요……!"

"네가 시릴이니까, 그렇잖아?"

"아뇨, 아니에요. 저는 시릴 씨의 마력이, 남긴 것이 만들어 낸, 다른 존재예요!"

"아니야! 너는 시릴이야! 간신히 내 곁으로 돌아와 줬어! 이번 에야말로, 내가 지키겠어!"

"마음은 이해할 수 있어요……. 하지만! 자신의 무력한 과거를 나한테 들이밀지 말아요!!"

앞으로 가려다가, 역시나 저지당했다. 그럴 때마다 뒤로 밀려 나고, 다시 앞으로 나선다.

여기까지 왔다면 순순히 붙잡혀서 이그지스터한테 끌려간다는 선택지도 없지는 않다. 하지만 포기하고 싶다는 생각은 들지 않 았다.

그건 내가 시릴 씨라고 인정하는 것이나 마찬가지.

내가 시릴 아케디아와는 다른 사람이라는 사실은 절대로 양보 할 수 없다.

자신의 의지로 그녀에게 가서 부정해야만 한다.

나는 아르젠토 밤피르니까. 그리 불리는 것을 선택했으니까.

"……이름을 불러주는 사람이, 있어요."

"시릴……?"

"아니에요."

자신이 누구인지 알 수가 없어서 잃어버릴 뻔했다.

지금도 자신을 어떻게 정의하면 좋을지는 모른다.

나는 쿠온의 인간으로서는 실패작이고, 이 세계로 전생해서도 아무것도 달라지지 않았다.

주어진 역할을 소화하지도 못하고, 그것이 사라진 뒤로 어찌해야 할지 몰라 그저 살아있을 뿐.

그럼에도 지금의 내 이름을 불러주는 사람이 있는 것이다.

"저는…… 아르젠토 밤피르예요!"

적당히 붙인 이름이고 의미는 그 말 그대로. 아직 아무런 역할도 없는 이름이지만.

주위에서 나를 그렇게 불러준다면 틀림없이 가치는 있다.

만난 적도 없는 사람의 이름에 짓눌려 사라지지는 않을 정도로는, 틀림없이.

말을 뿌리치듯이 나는 가속했다.

123 추억은 저 멀리

"애당초 당신은 뭘 보고 있나요!"

"뭘……?!"

"당신이 이야기한 시릴 씨는, 가족이라 다소 추어올리는 내용도 섞여 있었다고 해도, 저보다도 훨씬 좋은 사람이에요!"

"허……?!"

"시릴 씨는 명백하게 저보다 똑똑하고, 단아하고, 타인을 배려할 수 있고, 아침 일찍 일어날 수 있고, 낮잠도 별로 안 자겠죠! 저는 그런 사람이 아니에요. 적어도 매일 서른 시간은 잤으면 좋겠다고 생각해요!"

중간부터 살짝 다른 이야기가 된 것 같지만 어쨌든 그런 것이었다.

시릴 아케디아와 아르젠토 밤피르가 동일인물이라니 당치도 않다. 그러기는커녕 닮은 구석 따윈 전혀 없다.

얼굴 생김새는 닮았을지도 모른다. 마찬가지로 가슴이 납작할지도 모른다.

……하지만, 그것뿐이에요!

나는 기계에 밝지 않고, 초상화에 그려져 있던 것처럼 누군가에게 다정하게 미소를 띠다니 특별히 내키지 않는다면 안 한다.

눈물점도 없고, 수기를 적는 취미도 없다.

사랑하는 사람도, 목숨을 걸 수 있는 꿈도, 소중한 딸도 없다.

"이렇게까지 다른 사람을 얼굴이 닮았다는 것만으로 동일하다고 생각하다니, 이상하잖아요······?!"

"하, 하지만, 나는······."

"시릴 씨가 소중하다면, 어째서 거짓으로 파묻어 없애버리려고 하는 건가요······!"

"윽······!"

이그지스터의 얼굴이 명백하게 일그러졌다.

벌레라도 씹은 것 같은, 어딘가 고통스러운 것 같은, 괴로워 보이는 표정이었다.

······역시 알고 있었잖아요.

사실은 그녀도 머리 한구석에서는 이해하고 있었을 것이었다.

그녀는 시릴 씨가 어떤 사람인지 누구보다 잘 안다. 시릴 씨에게 만들어지고, 길러지고, 함께 살았으니까.

사실은 누구보다도 나와 시릴 씨의 차이를 알고 있을 터. 그런데도 눈을 돌리고, 내가 소중한 사람이라 믿으려고 한다.

"그렇게 거짓으로 덧씌워도, 틀림없이 어디선가 한계가 와요."

"아니! 그렇지 않아! 시릴은 여기에, 내 눈앞에 있어!"

"그렇게 진짜 시릴을 잊는다면, 그녀는 그 어디에서도 사라져 버리는 거예요······!"

추억은 갱신되는 것이다.

오래된 추억은 소중해질지라도, 새로운 추억으로 조금씩 멀어진다.

내가 옛날 일을 꿈으로 꾸는 것과 마찬가지다. 그립다고 느껴도 이제는 없고, 아르젠토 밤피르라 자칭하는 동안에 가끔은 쿠온 긴지라는 이름을 잊어버릴 뻔하는 경우도 있다.

그런 추억의 갱신을 거짓만으로 해버렸다가는.

언젠가 진짜 시릴 씨와 함께한 소중한 추억은 풍화되고 잊혀버린다.

필요하다든지 필요 없다든지, 그런 문제가 아니다. 그런 의식조차 사라지는 것이다.

그것은 필요 없다는 낙인보다도 분명히, 훨씬 무거워서.

그녀가 시릴 씨를 소중하게 생각하는 것을 알기에, 해서는 안 될 일이라고 생각했다.

설령 눈앞의 사람이 싫어하며 어린아이처럼 고개를 가로젓고 듣지 않으려 할지라도.

"나, 나는…… 시릴을……!"

"이그지스터, 이제 그만──!"

"──이제 그만! 하라고요오오!!"

내가 하려던 말을, 나보다도 먼저 외치는 목소리가 있었다.

전투의 소리를 지워버릴 정도의 음량으로 일갈을 내지른 것은 쿠즈하.

너무나도 소리가 커서 이그지스터가 마음을 빼앗긴 탓인지 골렘들마저도 움직임을 멈추었다.

그녀는 여우 귀와 꼬리를 곤두세우고서 골렘을 올려다보고, 손을 들어 이그지스터를 가리켰다.

그러고 보니 쿠즈하는 이그지스터한테 말하고 싶은 게 있다고 그래서 데려온 것이었다. 아마도 지금이 그때겠지.

"아까부터 시릴시릴, 이제는 귀에 딱지가 앉을 지경이에요! 이야기 폭이 너무 좁아요!"

"뭐, 뭐야, 갑자기?!"

"갑자기, 가 아니에요! 제 이름은 쿠즈하인 거예요!"

"아니, 그런 의미가……?!"

"그리고 당신은 이그지스터 씨고, 그쪽에 있는 건 아르젠토 씨인 거예요!"

"으……?!"

"이제 그만, 좀 알아듣는 게 어떠냐는 거예요! 시릴 씨가 어떤 사람이었는지는 모르겠고, 지금 살아있는지도 몰라요! 하지만, 하지만……!"

쿠즈하는 똑바로, 이그지스터를 봤다.

틀림없다고, 확신에 차서 말하는 것처럼.

그 올곧은 시선은, 그녀의 시선에 겁먹은 것 같은 표정을 띤 이그지스터 쪽이 훨씬 어린아이처럼 보일 정도였다.

"아르제 씨는 여기에 있어요! 자는 걸 정말 좋아하고, 먹는 것도 좋아하고, 조금 칠칠맞지 못하고……. 하지만! 정말 다정하고, 제가 자랑하는 친구가!!"

"으읏……."

"제 소중한 친구를…… 아르제 씨를, 다른 사람으로 대하지 말아요……!!"

"시…… 시끄러워! 시끄러워, 시끄러워, 시끄러워……!!"

빨간 머리카락을 흔들며 이그지스터가 외쳤다.

그녀는 금색 지팡이를 휘두르고, 명백하게 핏발 선 눈으로 쿠즈하를 노려봤다.

"나랑 시릴을, 방해하지 마!! 짓뭉개, 골렘!!"

단순한 말에, 기계가 그에 따랐다.

124 잃은 자의 최첨단

이그지스터가 탄 대형 골렘이 다리를 바삐 움직인다.

올려다볼 정도로 커다란 골렘의 몸이 공기를 밀어젖히듯이 단숨에 쿠즈하에게 접근한다.

무기 없이 아무 것도 들지 않은 팔이지만, 짓뭉개라는 말에 따라 그 단순하기 짝이 없는 질량으로 작은 여우를 덮쳤다.

"쿠즈하……!"

"웃…… 분신!!"

쿠즈하의 목소리에 응하여 부시하가 모여들었다.

회피가 불가능하다고 판단했는지 쿠즈하는 3인분의 힘으로 골렘의 팔을 받아냈다.

쿵, 기분 나쁜 소리와 함께 건물 전체가 흔들릴 충격이 퍼졌다.

"""으……윽……?!"""

아이라고는 해도 수인의 완력. 그것을 3인분 사용해야 간신히 호각일 정도의 질량이었다.

쿠즈하와 분신들이 고통스럽게 신음했다.

"……쿠즈하!"

"쿠즈하 님!"

"움직이지 마!!"

도우러 가려고 움직인 참에, 노린 것처럼 방해가 들어왔다.

눈앞에 벽처럼 나타난 대형 골렘이 나를 붙잡으려고 했다.

"큭……!"

다가오는 질량은 이제는 폭력이라고 불러야 할 수준으로, 잡히더라도 무사히 넘어갈 수는 없을 정도였다.

전력으로 물러날 수밖에 없어서, 결과적으로 쿠즈하를 구하러 갈 수가 없게 되어버렸다.

……폭주인가요!

나는 다치게 하지는 않겠다는 말조차 이제 잊은 모양이다.

아마도 쿠즈하와의 대화가 그렇게 만들었을 테지. 이그지스터는 명백히 착란에 빠졌다.

"싫어……. 시릴은, 내 곁에 있어! 또, 잃을 것 같으냐!!!"

이제는 비통하게 느껴질 정도의 외침이 울리고, 골렘들이 더욱 속도를 올렸다.

리셀 씨 쪽으로도 이제까지 이상의 공격이 가해졌다.

"이래서는 함부로 화살을 쏠 수도 없어요……!"

쿠즈하와 부시하의 서포트를 잃기도 했고, 무엇보다 적의 중심에 쿠즈하가 있었다.

말려들어 버릴 위험이 있으니 이제까지처럼 번개 화살을 쏠 수가 없는 거겠지.

"으, 그, 으으으으으으윳…….."

"읏…… 방해하지 마요!"

괴로워하는 쿠즈하의 신음소리가 내 몸을 움직였다.

스스로도 놀랄 만큼, 가슴속이 바짝바짝 타들어가는 것 같이 초조했다. 전력을 다한 속도가 대기를 꿰뚫었다.

스윽, 도가 칼집을 나오는 소리조차 제쳐놓고 칼을 내질렀다.

"막아서겠다면……!!"

얼마나 강화되었든지, 크든지 상관없었다. 꿈이든 현실이든, 불쌍히 여길 일은 없었다.

내 마음에 호응하듯이 『꿈의 수련』은 방해꾼을 베어냈다.

쓰러진다기보다는 금속 파편 무더기가 되어 골렘이 무너져 내렸다.

후두두둑 비처럼 쏟아지는 파편 너머에서 이그지스터가 나를 노려보고 있었다.

"시릴…… 그렇게나 이 아이가 소중해?"

"……그 아이는 저의, 친구예요!"

폐 안에서 나온 말은 틀림없는 내 진심.

쿠즈하는 나를 친구라고 말해주었다.

친구란 게 어떤 관계인지는 잘 모르더라도, 친구가 상처 입는데도 가만히 있는 건 분명히 잘못이다.

"친구…… 친구 같은 건, 필요 없잖아!"

격노한 이그지스터가 소리 지르고 『울려 퍼지는 금화수』를 아래로 휘둘렀다.

밑동이 골렘을 두드리는 새된 소리가 이름 그대로 울려 퍼졌다. 그리고 그것은 힘이 발휘되는 신호였다.

"윽…… 아직 강화되는 건가요?!"

"필요 없는 건…… 전부 없애버리면 돼……!"

이그지스터의 마음을 대변하듯이 골렘들이 날뛰었다.

이제는 주위의 벽이나 바닥, 생산을 위한 기계조차 손상시키며 둔탁한 빛을 휘둘렀다.

부서지는 것은 그것만이 아니었다. 너무나도 강력한 강화가 걸린 골렘들은 공격의 반동으로 자신들의 몸에 금이 가고 부서졌다.

"큭…… 이그지스터! 그만해요……. 모든 걸 부술 셈인가요!!"

이대로는 우리만이 아니라 이곳 대금고 그 자체가 위태로웠다.

그렇게 된다면 이그지스터도 무사하지는 못할 것이다. 무엇보다 소중한 사람이 남긴 장소와 골렘들까지도 잃고 만다.

"이번에야말로, 정말로 외톨이가 될 셈인가요……!"

"그렇다면, 시릴! 너야말로 이제 그만, 인정해……!! 속이는 것도, 속는 것도 이제 지긋지긋해!"

눈물처럼 말이 터져 나왔다.

은색 눈동자를 적시고서 이그지스터는 외쳤다. 그것은 부모가 돌아오기를 계속 기다리는 어린아이 같았고, 실제로도 그랬다.

시릴이라는 부모를, 소중한 사람을, 그녀는 계속 기다렸으니까.

"나는 계속 여기서 기다렸어! 계속 지키고, 찾으러 가지도 못하고! 돌아오겠다 약속하고, 이미 몇 년이나, 몇 년이나……!"

"이그지스터, 당신은…….."

"이제 혼자는, 싫어……! 더 이상, 날 혼자 두지 마……!!"

말문이 막혔다. 무슨 말을 하면 좋을지, 이제는 알 수가 없었다.

대금고에서 혼자, 계속 기다렸던 그녀의 마음을 조금이나마 알았으니까. 대금고 여기저기에 넘쳐나는 증거들을 보고 말았으니까.

나는 부정하는 것을 주저하고 말았다.

스스로에 대해서도 모르는 내게 그렇게까지 할 권리가 있느냐고, 생각해버린 것이었다.

"이제 그만, 돌아왔다고 해 줘…… 이제야 구원받았는데, 괜찮잖아?! 여태, 나는——."

"——웃기지, 말라고요……!"

이그지스터의 외침을 지워버리고 확실하게 목소리가 들렸다.

그것은 지금이라도 뭉개질 것 같은, 쿠즈하의 목소리였다.

그녀는 지금 분신과 함께 골렘의 팔을 필사적으로 밀어내려 했다. 더욱 강화된 지금, 대화 따윌 나눌 여유는 없겠지.

어마어마한 질량을 받아내고 있는 쿠즈하의 발밑에는 몇 줄기나 균열이 생기고, 발이 반쯤 바닥에 파묻혔다.

그럼에도 그녀는 확실하게 머리 위를 올려다보고, 눈앞을 뒤덮은 골렘의 손 너머에 있는 이그지스터에게 소리쳤다.

"아무리 바라도…… 돌아오지 않는 사람, 도, 있는 거예요……!!"

쿠즈하가 괴로워하는 목소리로 이야기하는 것은, 공격을 막아내고 있는 탓만이 아니겠지.

그녀도 이그지스터와 같았다. 어머니가 돌아오기를 기다리며, 그저 한결같이 지시를 지키고 있었다.

그리하여 어느샌가 자신을 잃고 길을 그르칠 뻔한 경험이 있다.

"그런데도, 그렇게 계속 잘못된 상태로…… 괜찮을 리, 가……
없어요……!!"

세월의 차이는 있겠지. 내력도 다르다. 종족도 다르다.

그럼에도 쿠즈하는 이그지스터 안에서 자신과 가까운 것을 느겼을 테지. 그러니까 이렇게 우리를 따라와서, 지금 한 걸음도 물러서지 않고서 말을 던지고 있다.

그날의 자신과 겹쳐서 보이기에, 말리려고 하는 거겠지.

"끈질기네, 소녀! 네 힘으로는, 나와 시릴의 골렘에는 미치지 못해! 이제 포기하고…… 뭉개져 버려!!"

"그렇다면…… 뭐가 어떻다는 거예요!"

"뭐……?!"

"미치지 못하, 니까…… 포기하라는 거예요?! 그런 건…… 그런, 건…… 더 이상, 싫은 거예요……!!"

"너는…… 어째서, 그렇게까지……?!"

"당신과 마찬가지, 로…… 포기한 걸, 후회……하니까요!!"

으드득, 이를 가는 소리가 여기까지 들렸다.

여우의 송곳니를 감추지 않고 드러내며 쿠즈하가 울부짖었다.

"그, 으으…… 그, 그때 포기하지 않았다면, 좀 더, 윽…… 생각을, 했다면…… 그때, 말렸다면……! 엄청, 엄, 청…… 생각했어요……! 당신도, 그렇, 잖아요……?!"

"그, 건…….."

"그래도…… 사라진 사람은, 돌아오지 않는 거예요……!"

"아, 으읏……!"

"외로움을, 누군가와 붙어서, 메울 수는 있어요…… 하지만! 누군가가 다른 누군가를 대신할 수는…… 절대로…… 절대, 로…… 없는 거예요!!!"

틀림없이 이것은 쿠즈하이기에 할 수 있는 말이겠지.

어리고, 올곧고, 그리고 슬픈 일을 제대로 극복한 그녀니까.

어머니의 죽음이라는 괴로운 일에 지금도 상처가 남았지만, 웃고 있는 그녀이기에.

그렇기에 나는 더 아무 말도 하지 않았다.

나와 이그지스터의 이야기보다도, 틀림없이 지금 이그지스터에게 필요한 말을 알고 있을 테니까.

"아르제 씨는, 누군가를 대신하는 존재가 아냐…… 당신에게, 시릴, 씨…… 그것과, 마찬가지로…… 내게…… 소, 중한…… 친구, 인 거예요……!!"

"그건…… 하지만……!"

"이제 그만, 과거에 매달리는 건…… 그만해요!!"

"읏, 이건……?!"

리셀 씨의 놀란 목소리가 울렸다. 나도 아마 같은 일에 놀라고 있었다.

분신을 사용하면 그녀의 꼬리 숫자는 줄어든다. 그리고 그녀의 꼬리는 셋, 만들 수 있는 분신은 둘이었다.

그런데 지금, 분신을 둘 사용하고 있는 쿠즈하의 꼬리가, 둘이 되어 있었다.

쿠즈하의 마음에 응하듯이 새로운 꼬리가 자라난 것이었다.

금색 털을 떨며 쿠즈하가 외쳤다.

"부족하다면, 이건 어떤가요! 미수 분신, 『금사매(金絲梅)』!!"

말에 호응하듯이 네 번째 쿠즈하가 나타났다.

당연히 분신이 늘어나면 밀어내는 힘이 강해진다. 아슬아슬한 지점에서 유지되던 파워 밸런스가 단숨에 쿠즈하 쪽으로 기울었다.

"큭…… 어엇……?!"

"더 이상, 저의 소중한 사람을…… 빼앗기지 않아요!!"

4인분의 거절이 거구를 밀어냈다.

거리가 떨어진 순간에 쿠즈하들이 더욱 움직였다. 공중으로 손을 들고, 각자가 마력을 집중시키기 시작했다.

네 마리 짐승이 펼치는 일사불란한 움직임. 분신이기에 가능한, 완벽하게 통제된 움직임은 골렘들에게도 지지 않을 만큼 질서정연했다.

"""""그 왜곡을, 거부하라! 『사중 칼바람』!!!"""""

그리고 말과 마법이 해방되었다.

일찍이 내게 사용한 것을 넘어서는 위력의 바람 마법이, 사연사가 아니라 사중주로 날아갔다.

동시에 전개된 바람의 참격이 거대한 강철을 찢어발겼다.

아마도 계산에 넣었을 테지. 이그지스터에게는 상처 하나 입히지 않고 쿠즈하는 골렘을 완전히 파괴했다.

"이것이 저의…… 지금의! 전력인 거예요!"

"……이그지스터가 떨어지는 걸 계산에 넣었다면 완벽했어요."

"……아."

역시나 거기까지 생각하지는 않은 모양이니까, 구하기 위해서 진심으로 속도를 내기로 했다.

이그지스터의 전의가 사라졌는지 골렘들은 모두 움직임을 멈추었다.

125 처음 뵙겠습니다

쏟아지는 골렘의 파편을 피하는 것은 이 신체라면 간단했다.

내가 이 세계에 흡혈귀로 전생할 때에 설정한 패러미터는 '신속 극한'.

이 신속은 단순한 다리의 속도만이 아니라 동체시력이나 반사신경도 포함된, 속도와 관련된 사항 전부였다.

파괴의 물결이 그치지 않고, 아직 공중에서 부서지는 골렘도, 중력에 붙잡힌 파편도, 단단한 바닥을 향해 떨어지는 이그지스터도, 집중한 내 시야에는 느리게 보였다.

은색의 탄환처럼, 풍경을 제치고 달려갔다.

"이그지스터……!"

"아……."

뻗은 손앞에서, 시릴을 부르려던 입, 하지만 소리로 완성되지는 않았다.

그것이 대답이었다. 그래서 나는 이제 거리끼지 않았다.

시릴이 아니라, 아르젠토로서.

그녀를 구하기 위해, 파편의 빗속을 나아갔다.

"아르제 씨……!"

"아르제 님……!"

두 사람이 내 이름을 외쳤다. 그 목소리가, 내가 나라고 가르쳐주었다.

어째서 살아가는지는 알 수 없어도, 이곳에 있는 것은 아르젠토 밤피르라고 말해주었다.

"놓치지 않아요⋯⋯!!"

나도, 이그지스터도. 그녀 안에 있는 시릴 씨라는 존재도.

어느 것도 잃지 않고자 나는 그녀를 건져 올리듯이 안았다.

사람 하나의 무게를 떠받히고도 달려갈 수 있는 것은 역시나 흡혈귀의 육체 덕분이었다.

떨어지는 파편을 발판으로 삼아, 인공물의 하늘을 꿰뚫고 망설임 없이 지면으로 착지했다.

"영차⋯⋯!"

추가로 떨어지는 파편을 회피하며 쿠즈하와 리셀 씨 곁으로 돌아왔다.

이제 골렘들은 움직임을 멈췄으니까 거리낄 것은 없었다.

품속에서 은색 눈동자가 흔들렸다.

자아낸 말은, 내가 모르는 누군가의 이름이 아니었다.

"⋯⋯너는."

"아르젠토예요. 아르젠토 밤피르."

"⋯⋯아르젠토."

"예. 처음 뵙겠습니다. 이그지스터."

"시릴이⋯⋯ 아니구나."

"예. 시릴 씨가 살아있는지도 저는 몰라요. 제가 태어난 이유는 시릴 씨일지도 모르죠. 그래도 저는, 시릴 씨가 아니라 아르젠토예요."

단호하게 부정하고 그녀를 지면에 내려놓았다.

이그지스터는 똑바로 내 쪽을 봤다. 그 너머에 있는 시릴 씨의 모습이 아니라 틀림없이 나를 보고, 말을 들어주었다.

간신히, 우리는 만날 수 있었던 것이다.

"……응. 그런가. 그랬나."

"알아주는 건가요?"

"응. 이해했다마다. ……이제까지 미안해. 아르젠토."

내 머리카락을 쓰다듬는 움직임은 응석을 부리는 것이 아니고 매달리는 것도 아니었다.

손놀림은 다정하고, 사죄의 마음 탓인지 조심스럽기도 했다.

머리카락을 지나가는 손가락을 기분 좋다고 느끼며 나는 입을 열었다.

"……흡혈귀는, 마력으로 태어나는 존재예요."

"……응."

"안타레스, 라는 지명에 혹시 짚이는 바는 있나요?"

"……그래. 시릴이 마지막으로 편지를 보낸 곳이, 거기야."

안타레스라는 것은 내가 전생한 도시의 이름이다.

바로 전생했을 때에 있었던 장소. 그곳은 몇 년도 전에 폐허가 되었고, 그것은 대규모 전투 탓이라는 사실을 나중에 들었다.

어떤 이유로 그렇게 되었는지, 그것까지는 모른다. 그래도 내가 이렇게 태어날 수 있었던 것은 분명히 시릴 씨가 이유겠지.

"시릴 씨가 남긴 마력의 잔재가 나를 낳았을 거라고는 생각해요. 하지만…… 그것뿐이에요."

"……그것뿐, 이구나."

확인하듯이 건넨 말에 나는 망설임 없이 고개를 끄덕여 답했다.

"예. 닮은 건 그 때문이고, 당신이 계속 찾던 사람이 아니에요."

"너는 너구나. 시릴이 아니라, 아르젠토라는 이름이고, 그녀와는 다른 생각을 하고, 이렇게 살아있어."

서로의 의식을 확인하듯이 말을 나누었다.

그녀가 시릴 씨를 지금도 소중히 생각하고 계속 기다려 왔다는 건 안다.

몇 년이나 기다리며, 울기도 했을 테고, 그러면서도 언젠가 만날 수 있다고 계속 생각했겠지.

사랑하는 사람이 언제 돌아와도 괜찮게 이곳 대금고를, 돌아올 장소를 계속 지켰을 테지.

틀림없이 구원을 받아도 된다. 이미 오랜 시간, 계속 그러고 있었으니까.

그래도 그 구원은 내가 아니다.

나는 구원이 될 수 없고, 되어서는 안 된다.

"읏……!"

이그지스터가 딱 한 번 고개를 숙였다.

구리색 머리카락에 가려져서 얼굴이 보이지 않았다. 보려고 하면 볼 수 있겠지만 나는 그러지 않았다.

시간이 필요한 일도 있다. 그러니까 기다리기로 했다.

잠시 시간을 두고 다시 고개를 든 그녀는 금색 지팡이를 놓고 허리를 숙였다. 대등하다고 그러듯이 시선을 맞춘 것이었다.

"……고마워, 아르젠토."

"감사를 받을 법한 일은 없어요. 당신의 구원이 될 수 없어서 미안해요."

"아니. 되었다마다. 소중한 것을 또 잃어버릴 참이었으니까."

"소중한 것, 인가요. 확실히 그대로 있었다면 진짜 시릴 씨를 잊고, 모든 것을 망가뜨려 버릴 참이었으니까요."

그 말을 듣고 감사의 말을 건네는 이유도 알 수 있었다. 추억의 갱신 이야기겠지.

그대로 내가 받아들이고 말았다면, 이그지스터는 시릴 씨와 쌓았던 추억을 가짜 추억으로 묻어버렸을 것이다.

폭주를 못 막았다면 시릴 대금고 그 자체가 파괴되어 시릴 씨가 남긴 것조차 사라져 버렸을 것이다.

그런 의도로 건넨 감사의 말이라면 순순히 받아들이기로 하자.

"그것도 있지만, 그게 아니고."

"흐뉴?"

"……아아, 정말이지! 못 참아!!"

"흐규?!"

감정이 북받친 표정으로 이그지스터가 끌어안았다.

이제까지처럼 응석을 부리듯이 다가오는 것이 아니라 명확하게 나를 끌어안은 것이었다.

꼬오오오옥, 얼굴 전체가 가슴에 짓눌리고, 괴롭다고 할까 숨을 쉴 수가 없었다. 페르노트 씨만큼 풍만한 가슴이 입도 코도 막았다.

"훗, 윽, 으으으?!"

"아아아아아, 귀여워! 시릴이랑 똑같은 동생!"

"홍앵?!"

"시릴의 마력에서 태어났다면, 인공 정령인 나도 그래! 그러니까 너는 내 동생! 하아아아 귀여워!"

……그런 결론이 되었나요?!

아무리 그래도 이런 수준의 비약은 예상 못 했다.

확실히 그런 해석도 불가능하지는 않다고 생각했지만, 조금 지나치게 갑작스러웠다. 그보다도 아까 생각하는 기색을 드러낸 것은 그런 이유였을까.

말랑말랑 밀어붙이는 부드러운 것에 빠져서도 어떻게든 그것을 밀어내려고 버둥거렸다.

하지만 키 차이가 있고, 무엇보다 흡혈귀의 완력으로 있는 힘껏 밀어낸다면 그건 그것대로 위험할 것 같으니까 과감하게 행동할 수가 없었다.

"음, 으으……."

어찌하면 좋으냐고 생각하는 사이에 정신이 아득해졌다. 일단 알아차려 달라는 의사 표시로 상대의 팔을 탁탁 때렸지만, 느슨해지기는커녕 더욱 강하게 조여들고 말았다.

기껏 전생해서는 사인이 이런 건 좀. 전생시켜 준 로리 영감님한테 미안하기도…… 아, 의식이…… 아, 으, 쿠울…….

"이제 그만 좀 하라는 거예요!"

"푸핫?!"

꼬마 여우 넷이 달라붙어서 나를 이그지스터로부터 떼어냈다.

오랜만에 마시는 공기가 맛있었다. 이그지스터의 잔향이 후각을 달콤하게 자극하고 빠져나갔다.

"아르제 씨가 죽어버리면 어쩌려는 생각인 거예요! 흉부의 크기를 생각해달라는 거예요!"

"미, 미안해…… 귀여워서, 그만."

귀와 꼬리털을 곤두세우고 쿠즈하가 이그지스터를 위협했다.

안기는 것 같은 모양새라서 이번에는 쿠즈하의 가슴이 짓눌렀지만, 이쪽은 조심스러웠다. 으르르르, 낮게 으르렁대는 것이 소리와 진동으로 귀에 닿았다.

"정말이지, 아르제 씨가 귀엽다는 건 알지만, 오히려 잘 알지만, 조금 더 이렇게…… 뭔가 있잖아요?!"

"쿠즈하, 좀 진정하지 않겠어요?"

조금 지나치게 흥분해서 어휘력을 잃었다. 그리고 넷이 한꺼번에 달라붙으면 조금 덥다.

가볍게 밀어내자 네 사람의 쿠즈하가 떨어져 주었다. 하아, 괴로웠다.

난폭한 취급에 흐트러진 머리카락을 쓸어 올리며 마음을 가다듬었다. 이제 전투는 끝이고 설득도 마쳤다. 서두를 일은 없었다.

"일단, 이것저것 이야기를 하죠. 이번에야말로, 서로를 알아갈 수 있게."

"……응. 그러네."

"예. 잘 부탁해요, 이그지스터."

"나야말로, 아르젠토."

건넨 손에 닿는 감촉은 다정하고 부드러웠다.

간신히 정말로, 서로를 알아갈 시간이 생겼다.

혹시 이 사람이 언니라고 한다면, 품을 들일 일이었다.

쿠온의 인간과 달리 혼자서 전혀 완결되지 않은, 외로움을 잘 타는 정령.

"……? 왜 그래?"

"아뇨, 아무것도 아니에요."

하지만, 싫지는 않았다.

적어도 나는 그렇게 생각했다.

126 다녀오겠습니다

하늘은 쾌청하고, 청량하게 풋풋한 냄새는 초원의 향기.

낮잠을 자기에 좋은 날이라고 생각하며, 나는 구리색 머리카락의 여성에게 말을 건넸다.

"이그지스터. 정말로 괜찮나요?"

"물론이다마다!"

흐흥, 거친 콧김으로 커다란 가슴을 펴는 이그지스터. 그녀의 등 뒤에 있는 것은 대량의 식량이었다.

육류는 없고 주로 채소나 곡물 등이 산더미처럼 쌓여 있었다. 특히 빵이 있다는 건 기뻤다.

오해를 풀고 서로에 대해서 알게 된 다음 날. 다시금 우리는 마대륙을 향해 여행을 떠나기로 했다.

이그지스터는 조금 더 천천히 가라고 그랬지만, 리셀 씨 일도 있다. 언제까지고 태평하게 있을 수는 없었다.

마련해 준 식량을 블러드 박스에 수납하고 나는 그녀에게 머리를 숙였다.

"감사합니다, 이그지스터."

"후후, 귀여운 여동생이 여행을 떠나는 거니까 이 정도 채비는 해줘야지."

그러면서 이그지스터는 내 머리를 쓰다듬었다.

마음 자체는 남자이지만 지금의 내 몸이라면 여동생으로 취급하는 게 옳겠지. 쓸데없는 소리는 꺼내지 않고 은색 머리카락이 헝클어지는 것을 받아들였다.

"……아르젠토."

"아, 예. 무슨 일인가요?"

"안타레스가 멸망한 도시라는 것 정도는 나도 알고 있어. 그러니까 여기가 네 집이라고 생각해도 돼."

"……저기요?"

"무슨 일이 있다면 언제든지 돌아와도 돼. 그런 이야기야."

쿠온의 집이 아니라 아르젠토 밤피르가 돌아올 수 있는 장소.

보살펴주는 곳은 아니지만 돌아와도 되는 곳.

"……고마워요."

그 말의 의미를 이해했더니 무척 근질근질한 기분이었다.

그래도 그것이 나쁜 기분이 아니라는 건 알 수 있었다.

그래서 나는 자연스럽게 그 기분을 받아들였다.

"그래그래. 그러니 제군, 내 귀여운 동생을 확실하게 지키도록."

"……군이 부탁 안 해도 지킬 거지만, 갑자기 언니 행세를 하니까 짜증 나는데."

"음, 뭐냐 페르노트. 마음에 안 든다면 우리 시릴 대금고의 위신을 걸고 너희를 파산시킬 수 있다고?"

"직권남용에도 정도라는 게 있잖아……?!"

이그지스터는 이 세계의 경제를 떠받치는 존재니까 아마도 진심이겠지.

제노 군이 무척 새파란 얼굴로 변했으니 말리는 편이 나을까.

"이그지스터, 너무 엉뚱한 소리는 하지 마세요. 다들 의지가 되고, 저도 제 몸은 지킬 수 있어요."

"으음, 하지만 말이지……. 아아, 역할만 없었다면 나도 따라갈 텐데! 그렇지, 대형 골렘을 서른 대 정도 데려가는 건 어때?!"

"그만해요."

내 블러드 박스에 수납할 수도 있겠지만, 아무리 그래도 과잉 전력이었다.

그런 거대 병기를 서른 대라니, 대체 뭐랑 싸우는 상황을 상정하는 걸까. 전쟁이라도 시작할 생각이라면 모를까, 그런 생각은 전혀 없다.

"으그그……. 하지만 그게, 쿠즈하도 그랬잖아! 나중에 후회해 봤자 소용없다는 그런 느낌으로!"

"그건 그랬지만, 먹을 것만으로도 충분해요. 그건 이제 굉장히 심각한 문제니까요."

리셀 씨의 식사량은 이 여행에서 가장 큰 문제였으니까 그것이 해결되는 것만으로도 고맙다.

하지만 이그지스터 쪽은 납득이 안 가는지, 예쁜 모양의 눈썹을 한동안 일그러뜨리고서 매달렸다.

"으으음…… 알겠나, 너희들. 몇 번이나 말하지만 내 소중한 동생이니까?! 제대로 지키도록!"

"아르제 님. 정령님은 무엇 때문에 화내는 거죠?"

"과식 주의라고 하는 모양이에요."

조금 귀찮아졌으니까 번역은 적당히 넘어갔다.

이그지스터의 분위기가 이상하다고 할지 과잉보호 느낌인 것은 어제부터 그랬으니 익숙해지기는 했지만 조금 지치기도 했다.

다정하다고는 하지만 여러모로 과잉이었다. 시릴 씨한테도 이런 느낌이었을 테지만 항상 이런 분위기라면 시릴 씨는 피곤하지 않았을까.

여하튼 언제까지고 여기 있을 수는 없다.

돌아와도 된다고 하고 나 역시도 그럴 생각은 있지만, 지금은 용건이 있다.

리셀 씨를 태어난 고향인 마대륙으로 보내주겠다고 이미 약속했으니까.

"그럼, 이그지스터. 으음……."

"응. 다녀오겠다고, 그렇게 말해줄래?"

"……예, 다녀오겠습니다."

"응. 잘 다녀와."

안녕이 아니라 다녀오겠습니다.

사츠키 씨한테도 그렇게 말했지만, 이건 틀림없이 그때와는 다른 말이었다.

언젠가 돌아올 곳이 생겼다는, 그런 의미의 말.

나를 동생이라 부르며 대하는 것은 아직 당황스럽지만.

그럼에도 부정하고 싶다는 생각은 없었다.

"그럼 안전한 여행을 기도할게. 아, 가끔씩은 저기, 편지를 보내주면 기쁠 거야. 무사하다는 걸 알 수 있고, 근황은 듣고 싶으니까."

"……알겠어요."

이세계의 우체국을 이용해 본 적은 없다. 애당초 어떤 시스템으로 편지가 전달되는지도 나는 모른다.

그런 것은 뭐, 나중에 페르노트 씨한테라도 물어보면 되겠지.

귀찮다는 생각도 들지만 알고 싶다고 하니까 가끔 보내는 정도는 괜찮다고 생각한다.

외로움을 많이 타는 이 사람을 위해서.

손을 흔들어 주는 상대에게 마찬가지로 손을 흔들어 답하고 나는 마차에 올랐다.

페르노트 씨와 리셀 씨도 마찬가지로 마차 안에 탔다. 제노 군은 마차를 움직이기 위해서 밖에 있었다.

"이제 괜찮은 거예요?"

"예, 제대로 인사는 마쳤으니까요. 쿠즈하야말로, 인사는 안 해도 괜찮나요?"

이럴 때, 항상 기운차게 작별의 인사를 하는 쿠즈하가 드물게도 밖에 나가지 않았다.

신기하다고 느껴서 물어봤더니 여우 소녀는 가볍게 미소 짓는다.

"가족과의 이별인 거예요. 찬물을 끼얹는 건 촌스러운 짓이겠죠."

"……그런 생각이었나요."

쿠즈하에게 가족이라는 말은 특별한 의미를 지닌다.

그것은 틀림없이 아버지도 어머니도 잃었지만, 마음속에는 언제든 부모님이 있기 때문이겠지.

"다음에 아르제 씨는 동생으로, 그리고 저는 동생의 친구로. 환영해 주겠다고 어제 약속한 거예요. 그러니까 저는 괜찮은 거예요."

기뻐하며 이야기하는 쿠즈하 옆에 나는 별생각 없이 걸터앉았다.

의미는 없었다. 마차는 넓으니까 그럴 필요도 없었다.

하지만 그러고 싶었다. 그것뿐이었다.

"……아르제 씨."

"왜 그러나요, 쿠즈하."

"고마워요."

"후에?"

기습적인 그 말에 한순간 당황했다.

무엇에 대한 인사인지 알 수가 없었던 것이다.

아마도 무척 얼빠진 표정이었을 테지. 쿠즈하는 여우 귀를 파닥이고 쿡쿡 웃더니 설명해주었다.

"어머니를 잃은 제 곁에 있어주었던 것, 말이에요."

"……그냥, 있었을 뿐이라고요?"

그때, 어머니의 죽음을 슬퍼하던 쿠즈하에게 나는 말을 건네거나 히지 않았다.

어쩌면 좋을지 알 수가 없어서, 말을 건네거나 접근하는 것조차 꺼려져서.

그저 그녀가 울음을 그칠 때까지 곁에 있었을 뿐.

"그걸로 괜찮았던 거예요."

"그런, 건가요?"

"그게 말이죠, 그걸로 제 슬픔은 메워졌던 거예요. 그때 아르제 씨가 없었다면, 틀림없이…… 어제, 이그지스터 씨한테 그런 설

195

교는 못 했어요."

어쩐지 부끄러워하는 것처럼 쿠즈하가 미소 지었다.

확실히 그날 우리가 만나지 않았다면, 어쩌면 쿠즈하도 언젠가 이그지스터와 같은 모습이 되었을지도 모른다.

그런 의미에서 건네는 인사라면 납득할 수 있었다.

내가 한 일은 대단한 일이 아니지만 그것이 그녀를 위한 일이 되었다면.

"……그럼, 천만에요."

순순히 받아들이고, 그리 말해도 되겠다고 생각했다.

"……그러니까 아르제 씨가 힘들 때는, 반드시 제가 곁에 있을 게요."

"그런가요?"

"예. 그게, 제게는…… 아르제 씨는 이제, 둘도 없는 사람인걸요."

날 향한 그 말에 신기하게도 가슴이 따뜻해졌다.

솟아오르는 이 마음이 무엇인지는 잘 모르겠다.

하지만 이 마음이, 가슴의 온기가 싫지 않다는 것은 알 수 있었다.

그러니까 지금, 내가 느끼는 이 기분에, 따르자.

"……고마워요."

"…………."

"? 왜 그러나요, 쿠즈하?"

"어, 아뇨, 그게, 지, 지금 그 미소, 다시 한번 지어주시겠어요?!"

"……저, 웃고 있었나요? 그럴 생각은 없었는데……."

"그건 정말이지, 귀여워서요! 그러니까 다시! 한 번만 더 부탁드릴 수 있을까요?!"

　매달리듯이 쿠즈하가 다가왔지만, 갑자기 그런 소리를 해도 곤란하다.

　애당초 지금 내가 웃고 있었다는 의식도 없었던 것이다.

　"으—음…… 이렇게 하면 되나요?"

　"아, 그것도 귀엽지만 조금 달라요……!"

　나는 왜인지 모르게 잔뜩 들뜬 쿠즈하를 한동안 상대해야 했다.

　여정의 끝은 아직 멀고, 친구라는 것도 아직 잘 모르겠고, 갑자기 언니가 생겨서 당황스럽지만.

　그래도 가슴 안에 있는 것은 어쩐지 안심이 되는 온기였다.

127 추억과 지금부터

"……이런 장소가 있다니, 몰랐네."

대금고의 정령으로서 이곳을 오랫동안 관리했지만 비밀 통로가 있는 줄은 몰랐다.

도서관 시설의 한구석에 설치된 내가 모르는 장소를, 느긋하게 걸었다.

여기저기에 함정으로 인한 파괴의 흔적이 있는 것은, 그만큼 시릴이 이곳을 감춰두고 싶었다는 의미겠지.

가족의 비밀을 밝히는 것은 꺼려지지만, 이곳에 온 것이 애당초 가족의 부탁이기도 했다.

아르젠토 밤피르. 시릴의 마력에서 태어난, 내 동생.

그녀가 이곳에 가달라고 했기에 나는 지금 이곳을 걷고 있었다.

작동된 함정의 흔적을 따라가듯이 아래층으로 이어지는 계단을 내려갔다.

생각했던 것보다도 빨리 계단은 끝나고, 철문이 나를 환영했다.

"……들어갈게, 시릴."

상대가 없다는 걸 알면서도 말을 건넨 뒤에 문을 열었다.

걸음을 내디딘 장소에서 먼저 느낀 것은 안심이었다.

가구들의 색상, 책을 진열한 방법. 그런 부분에서 틀림없는 시릴의 모습이 보이고 있었으니까.

서재 같은 차분한 방 한가운데에 있는 책상에는 수기 같은 것이 잔뜩 쌓여 있었다.

이것을 읽으라고, 아르젠토가 말했다. 말하기는 했지만──.

"──이건, 고대 정령 언어잖아?"

표지에 적혀 있는 글자는 착실하고 꼼꼼한 시릴의 글자. 그건 알지만, 나는 고대 정령 언어를 못 읽는다.

고대 정령 언어를 사용하는 것은 무척 나이 든 연배의 사람들이다. 수명이 긴 용족이나 일부 정령, 다크 엘프 정도만 사용한다.

인공 정령인 나는 더욱 쉽게 알 수 있는 공화국어를 시릴한테 배웠으니까 이 언어는 전문분야 밖이었다.

그래도 펴보라고 그랬으니까, 의자에 앉아서 천천히 펼쳐봤다.

손에 닿는 종이의 감촉이 기분 좋고, 넘기는 소리가 방에 울리는 것은 상쾌했다.

둥실 퍼지는 종이 향기에 살짝 눈을 감고, 떴다.

"여, 바보 녀석."

"……?!"

시야에 갑자기 나타난 아는 얼굴에 숨을 삼켰다.

가벼운 분위기로 한 손을 든 것은 틀림없이 내가 아는 얼굴.

머리카락 색깔도, 표정을 띠는 방법도, 눈물점도. 몇 번이나 보고, 떠올리고, 뇌리에 새겼던 상대.

"시릴……?!"

"자, 감점!!"

"아얏?!"

부른 순간, 손날이 날아왔다. 그것도 있는 힘껏.

살을 때린다기보다는 딱딱한 것을 부딪치는 듯한 소리. 명백하게 뼛속까지 울리는 타격에 나는 견디지 못하고 뒷걸음질 쳤다.

"아, 아프다고, 시릴?!"

"시릴이 아니라고."

"또 닮은 사람이야?!"

"그래. 여하튼 세상에는, 닮은 인간이 셋은 있다고 그러니까."

농담하듯이 말했지만, 일단 그녀도 시릴은 아닌 모양이다.

한순간 착각할 뻔했지만 그건 얼마 전에 저지른 실수니까 제대로 멈췄다.

본인이 그렇게 말하니까 그녀 역시도 시릴은 아니겠지.

그리고 아르젠토가 이곳으로 오라고 한 것은 눈앞의 그녀가 이유인가.

"일단은 처음 뵙겠습니다려나? 이그지스터. 나는 시릴 노트. 이곳에 있는 기억을 지키도록 지시를 받은, 인공 정령이야."

"……아. 그러니까 너는, 나랑 마찬가지로."

"응. 뭐, 만들어진 시기를 따지면 내 쪽이 동생일까."

이야기하는 목소리는 시릴과 닮았지만, 자세히 들어보니 다르다는 것을 알 수 있었다. 아니, 목소리는 같지만 말투가 미묘하게 달랐다.

아르젠토와 마찬가지. 시릴과 닮았지만 다른 존재였다.

"자, 그럼 천천히 이야기하자. 시릴이 이곳에 남긴, 네게 건네는 말과, 추억을."

"괜찮아?"

"자기가 돌아오지 못했을 때에 네게 전하려고 나를 이곳에 둔 거라고? 괜찮고 자시고, 그런 일이 아니야."

"……그런가. 그럼 그게 끝나면, 여기서 나가지 않을래?"

"……어째서?"

"모처럼 만났으니까 같이 있는 건 자연스럽잖아?"

그녀가 이곳에 있는 경위도, 내가 이곳에 있는 이유도, 양쪽 모두 명확했다.

그리고 그녀의 역할이 지금 끝난다면 그다음부터는 자유일 터.

"미안해, 시릴 노트."

"어째서 사과하는 거야?"

"너도 틀림없이 외로웠을 거라 생각하니까."

좀 더 빨리 이 장소를 알아차렸다면 달라졌을지도 모른다.

내가 시릴을 기다렸듯이, 그녀 역시도 나를 기다렸을 테지.

무척 오래 기다리게 만들어 버렸다고 생각한다. 손날 정도는 맞아도 어쩔 수 없다.

"나는, 시릴이 아닌데?"

"그래도 내 동생 같은 존재겠지."

"……그런가?"

의아해하며 나를 보는 눈빛은, 언젠가 나도 띠었던 눈빛이었다.

시릴에게 무어라 말을 듣고, 어째서 그런 말을 들었는지 몰랐을 때와 같은 눈빛.

……이번에는 내가 그렇게 할 차례구나.

일찍이 시릴이 소중한 것을 가르쳐 주었듯이.

역할 속에서만 살아와서 다른 건 모르는, 새로운 동생에게.

"일단 시릴 노트이라고 부르는 건 그만두도록 할까? 그건 이름이라기보다 역할 같은 거잖아."

"……그럼, 나를 뭐라고 부르면 될까?"

"그것도 이제부터 생각하면 돼."

뭐든 지금부터 해도 된다고 생각한다.

시릴이 언젠가 돌아온다는 생각을 버린 것은 아니었다. 틀림없이 살아있다고, 나는 아직 믿는다.

다만 기다리는 것만큼은 끝내자고, 그리 생각했다.

돌아온다고 말해준 사람이 있다. 소중한 것을 가르쳐 주고 싶다, 그리 생각하는 사람도 있다.

이제 나는 외톨이가 아니다.

"시간은 잔뜩 있어. 그러니까, 이야기하자. 추억만이 아니라 앞으로의 이야기도. 시릴만이 아니라 너랑 내 이야기도."

"……응, 알았어."

붙잡은 손은 놀랄 만큼 의지가 되어, 역시 그녀가 '시릴처럼 행동하려고 했다'는 사실을 알 수 있었다.

틀림없이 다른 존재라고 말하면서도 모방할 수밖에 없다고 생각하겠지.

네가 이곳에 있다고, 있어도 된다고 인정하듯이.

나는 단단히, 동생의 손을 잡았다.

단편 1 아가씨의 하루 ~아침~

"……후우."

눈을 뜬 것을 자각하고 한숨을 쉬었다.

아마도 아직 해가 뜨지 않았을 시간. 옅은 어둠이 지배하는 가운데, 나는 눈을 떴다.

……왕국, 이군요.

등이 굳어진 것 같은 감촉은 마차의 딱딱한 바닥에서 잤기 때문.

몇 번이나 눈을 떠도 역시 이곳은 왕국으로 나, 리셀리오르 아르크 발레리아가 태어난 고향인 마대륙이 아니었다.

그것을 안타깝다고도 생각하면서, 다행이라고도 생각했다.

마대륙의 생활은 역시 그리우면서도 사랑스럽고, 어딘지도 모르는 장소로 끌려와 버린 것에는 역시나 분노를 느꼈다.

하지만 그렇기에 만날 수 있었던 좋은 사람들도 있는 것이었다.

복잡한 심경을 품으며 나는 밖으로 나왔다.

시릴 대금고를 나온 뒤로, 며칠. 여정은 아직 먼 듯했다.

"안녕하세요, 제노 님."

경계를 위해 밖에서 밤을 새고 있던 남성에게 말을 건네고 깊이 머리를 숙였다.

내가 사용하는 말은 그에게는 통하지 않지만 감사의 의도는 전해졌는지 상대도 인사로 답했다.

밤새 밖에서 불 당번을 서던 그의 눈빛에는 수면 부족의 증거가 있지만 그것을 신경 쓰이지 않게 만드는 행동이었다. 예, 남성으로서 무척 멋지다고 생각해요.

"몸을 좀 풀게요."

말이 전해지지 않더라고 그만 이야기를 건네고 만다.

동작으로 전해진다고 생각하니까 답변으로 말이 돌아오지 않아도 개의치 않고 움직였다.

자는 장소가 나쁜 것은 어쩔 수 없으니, 그 후의 처치를 제대로 하는 것이 중요했다.

"영, 차."

원래부터 다크 엘프의 몸은 부드럽다. 그리고 그것이 굳어지지 않도록 운동을 하는 것은 옛날부터 하던 일과였다.

엘프 계열 종족은 원래 숲속에서 사는 민족이다. 산의 은혜를 얻기 위해 신체 능력은 필수.

특히 내 특기는 활이고 그것에는 유연한 몸이 중요하다.

"으읏—……."

몸 전체의 근육을 천천히, 풀듯이 뻗었다.

어릴 적부터 몇 번이고 한 일로, 이미 몸에 배어 있는 동작. 아침의 차가운 공기에 식은 몸을 데운다는 의미도 담아서 차분하게 거듭했다.

"……하아."

적당히 마무리하니 굳은 몸이 풀려서 기분도 상쾌.

일과가 끝나는 것과 동시에 내 배가 소리 없이 주장했다.

공복에 따른 배의 움직임은 아프다기보다는 애처로웠다. 소리가 안 난 것이 최소한의 구원인가.

"……건강하다는 증거예요."

배가 고프다는 것은 다시 말해 건강하게 살아있다는 의미다.

납득하는 사이, 태양이 천천히 떠올랐다. 지평선 너머에서 따사로운 빛이 쏟아진다.

아침의 도래를 느끼며 깊이 숨을 들이쉬자 기분은 좋았지만, 공복을 강하게 느끼고 만다.

어떻게 할지 생각하는데 마차에서 나오는 그림자가 있었다.

부드러운 갈색 머리카락을 옆으로 한데 묶은 여성. 좌우로 색이 다른 눈동자는 높은 마력을 지닌 이들 가운데 자주 나타난다고 여겨지는 것이었다.

그런 특징이 있음에도 먼저 눈에 띄는, 두 언덕. 너무 클 정도의 가슴을 흔들며 그녀는 하품을 한 번.

"——."

꺼낸 말의 의미는 알 수 없었다.

다만 말을 들은 제노 님이 마차 안으로 돌아갔으니까 교대라는 의미겠지.

"안녕하세요, 페르노트 님."

제노 님에게 그랬듯이 인사를 하자 대답은 역시나 몸짓으로 돌아왔다.

이렇게 일상에서 나누는 인사 정도라면 문제없고, 내가 그렇게 하면 응해주는 사람들이니까 자유롭지는 않아도 그렇게까지 걱정할 필요가 없다는 것이 다행이었다.

페르노트 님은 제노 님이 피워둔 불에 재빨리 냄비를 올리고 물을 끓이기 시작했다.

그녀는 차를 좋아해서 틈만 나면 직접 차를 탔다. 둥실 감도는 과일과 닮은 냄새에 이끌려서 나는 무심코 모닥불 옆으로.

"──?"

"아, 예. 저도 마셔도 될까요?"

내게 머그컵을 내밀며 고개를 갸웃거렸다. 이렇게까지 하면 언어는 필요 없다.

긍정으로 고개를 끄덕여 답하자 잠시 후에 호박색 액체를 따라주었다.

……좋은 향기에요.

가슴 안이 상쾌해지는, 아침에 딱 맞는 달콤한 향기.

후각이 자극되는 것을 의식하며 입에 머금고, 찬찬이 시간을 들여서 마셨다.

"맛있어요."

의미는 전해지는지 상대가 고개를 끄덕여 답했다.

발레리아의 저택에 있을 때도 이런 수준의 차를 마신 적은 거의 없었다. 그만큼 그녀의 실력이 좋다는 의미였다.

배가 차지는 않지만, 기분은 충분히 채워졌다.

말을 나누지 않는, 정확하게는 나눌 수 없는 상태에서 우리는 한동안 나란히 차를 즐기는 단계에 이르렀다.

"응…… 안녕하세요, 페르노트 씨."

잠시 시간이 지나고 해가 높이 떠올랐을 무렵.

졸려 보이는 눈을 비비며 은색 머리카락이 내려왔다.

아르젠토 밤피르. 현재 나와 말이 통하는 유일한 흡혈귀 소녀였다.

그녀의 손을 붙잡고 여우 귀의 소녀, 쿠즈하 님도 마차에서 나타났다. 쿠즈하 님은 그 자리에서 분신을 만들어 달려갔다. 아마도 사냥을 나서는 거겠지.

"——?"

"예, 제 것도 타줄래요?"

"아르제 님, 안녕하세요."

"예, 안녕하세요, 리셀 씨."

애칭을 불리는 것이 기분 좋다고 느끼는 것은, 거리낌 없는 것만이 아니라 말이 통하니까.

은색 머리카락을 벅벅 휘저으며 졸린 표정을 띠고 아르제 님은 내 옆에 앉았다.

"후아아……."

흡혈귀의 송곳니를 드러내고 크게 하품을 하는 그녀 앞으로 머그컵이 다가왔다.

잠을 깨우려는 거겠지. 컵에는 찰랑찰랑 차가 따라져 있었다.

아르제 님은 천천히 컵에 입을 대고, 한숨을 내쉬었다.

"하아…… 으으…… 20시간은 더 자고 싶었어……."

"아르제 님, 그건 그러니까, 내일이 되어버리지 않을까요……."

그녀는 잘 잔다. 밤낮도 없이, 문득 정신이 들면 자고 있다. 아주 조금, 지나치게 자는 게 아닐까.

지적했더니 아르제 님은 얌전한 표정으로 나를 바라본다.

"배가 고프듯이 잠이 오면 어쩔 수 없다고 생각하지 않나요?"

"그건 정말로 어쩔 수 없는 일이라고 생각해요."

배가 고프기도 해서 즉답하고 말았다.

아르제 님은 '그렇죠그렇죠'라며 몇 번인가 고개를 끄덕인 뒤, 페르노트 씨 쪽으로도 무언가 이야기했다. 지금 우리의 대화 내용을 전하는 모양이었다.

……수고를 끼치고 마네요.

아르제 님이 자주 잠들어 버리는 탓에 전하고 싶은 것을 못 전하는 일은 종종 있다.

하지만 자신의 존재로 수고를 끼치게 되어버리는 것은 정말로 무척 면목이 없었다.

"리셀 씨, 조금만 있다면 아침식사가 완성된다고 하니까, 조금만 더 기다려주세요."

"어, 아, 예. 알겠습니다!"

마침 물어보고 싶었던 이야기를 들을 수 있었는데, 어쩌면 얼굴이나 태도에서 드러났을까. 그렇다면 부끄럽다.

조금 더 조심해야겠네요.

단편 2 · 아가씨의 하루 ~낮~

"잘 먹었습니다. 무척 맛있었어요."

낮과 밤의 식사는, 이 여행에서 무척 즐거운 시간이 되어 있었다. 제노 님도 페르노트 님도 무척 요리를 잘했다.

저택에서 고용한 요리사는 항상 내 입맛에 맞춰서 만들어 줬으니까, 만드는 사람에 따라서 같은 메뉴라도 맛이 다르다는 것은 무척 재미있고 즐거웠다.

그리고 무엇보다도 기쁜 것은 쿠즈하 님이 잡아오는 동물들.

원래 마대륙에서도 육류를 손에 넣는 방법은 기본적으로 사냥이다. 내게는 익숙한 공통의 행위이고, 신선한 고기를 먹을 수 있다는 것은 기뻤다.

게다가 쿠즈하 님의 솜씨가 훌륭했다. 다크 엘프도 좀처럼 볼수 없을 정도로 깨끗한 고기 처치는 사냥감의 누린내를 최소한으로 억제했다.

"오늘도 감사합니다, 쿠즈하 님."

"쿠즈하, 맛있었다고 그래요."

"――."

"그건 다행인 거예요, 라고 하네요."

통역이 없다면 전해지지 않는 것이 안타깝지만, 제대로 전해주어서 고마웠다.

쿠즈하 님의 미소가 미묘하게 굳어 있는 것 같기는 하지만, 아마도 사냥의 피로 때문이겠지.

"자, 배도 채웠으니까 저는 낮잠을——."

"——저, 저기, 아르제 님, 잠깐 괜찮을까요?"

"예, 무슨 일인가요?"

위험했다, 조금만 더 있으면 자러 갔을지도 모른다.

소매를 붙잡아서 멈춰 세우자 아르제 님은 졸려 보이지만, 싫은 표정을 띠지는 않았다.

아르제 님은 스스로를 귀찮은 일은 싫어한다고 평가하지만 그렇지는 않다고 생각한다. 오히려 다른 사람을 잘 배려하고 섬세한 사람이라는 느낌조차 있었다.

이렇게 무언가를 말했을 때, 싫다는 표정 없이 듣고 가능한 한이루어주니까.

"조금, 부탁드리고 싶은 게……."

"네, 제가 할 수 있는 일이라면."

허가를 얻었으니까 감사를 표하는 의미의 인사를 한 다음에 본론으로 들어갔다.

"쿠즈하 님은 또, 지금부터 사냥을 가실 거라 생각하는데……."

"그러네요. 아침에 사냥한 건 이미 먹어 버렸으니까, 저녁에 먹을 걸 잡으러 가지 않을까요."

"그럼 그걸 도우러 동행하고 싶은데…… 그게, 통역을 부탁드릴 수 있을까요?"

"흠, 그런 일이라면……. 쿠즈하, 잠깐 괜찮을까요?"

아르제 님은 쿠즈하 님께 내 희망을 전달해준 모양이었다.

잠시 말을 나누는 기척이 있고, 아르제 님은 은발을 흔들며 이쪽을 돌아봤다.

"괜찮다고 하네요."

"감사합니다. 아르제 님, 쿠즈하 님."

"다크 엘프는 사냥도 하나요?"

"마대륙에서는 자주 했어요. 부족한 기술이지만 도움이 될 수 있으면 해서…… 먹기만 하는 건 죄송하니까요."

"…………."

"어라? 아르제 님?"

"어, 아뇨. 아무것도 아니에요. 자각이 있는 건 좋은 일이니까요."

잘은 모르겠지만 감탄한 모양이었다.

아르제 님은 이따금 그다지 소녀답지 않은 반응이나 행동을 했다.

흡혈귀는 나이를 안 먹는 종족이라 태어났을 때에 '형태'가 결정된 이후, 겉보기 연령이 변하지는 않는다.

그러니까 아르제 님은 겉모습보다 훨씬 나이를 먹었을 가능성이 있는 것이었다.

실제로 물어본 적은 없으니까 알 수 없지만, 그런 경우가 있으니까 어린애 취급을 하지 않으려고 한다.

"그럼 갈까요. 사냥터는 인기척에서 떨어진 곳이 나을 테니까요."

"예, 알고 있어요."

내 영지에 짐승은 그다지 다가오지 않았다.

그것은 즉, 포식자나 위험한 것이 있는 곳에는 동물은 나타나지 않는다는 의미.

말이 달라도, 바다를 건너서도 동물들의 현명함은 변함이 없는 것이었다.

쿠즈하 님의 지시——정확하게는 아르제 님이 번역——에 따라, 나는 사냥을 거들게 되었다.

……이것 또한 신선한 일이네요.

나는 영주라서 사냥을 할 때에는 동반자를 거느리는 입장이었다.

교류가 있던 다른 종족이나 다른 영지 분들과 사냥을 한 적도 없었으니까, 이렇게 거드는 쪽이 되는 것은 신선했다.

마대륙에 있던 무렵이라면 아마도 결코 없었을 일. 내 입장과 조금 어긋나기는 하지만 즐겁다고 생각했다.

"무슨 일이든 경험, 인 거겠죠."

영주로서 많은 일을 아는 것은 나쁜 일이 아닐 터.

이 여행에서 얻은 것이 언젠가 도움이 될 때가 온다면 좋겠다.

그런 생각을 하는 사이에, 오늘의 사냥터에 도착한 모양이었다.

넓고 내 허리 정도의 풀이 자란 초원. 한 걸음 앞으로 나선 쿠즈하 님이 작게 무언가를 중얼거려 분신을 만들었다.

"쿠즈하 님의 특기인 미수 분신……이군요."

"쿠즈하의 저 기술은 살짝 치트라고 생각하는데요."

"치트?"

"어, 아뇨. 아무것도 아니에요."

의미를 알 수 없는 말이 나왔는데, 아르제 님은 말끝을 흐렸다. 설명하기 어려운 단어겠지.

번역을 부탁하는 입장이니까 굳이 묻는 것은 삼가기로 했다.

"그럼 저도 준비를 할까요."

여분의 힘을 넣지 않고 하늘을 건드리듯 손을 들었다.

자아내는 것은, 때로는 영지를 지키기 위해, 때로는 양식을 얻기 위해 몇 번이나 사용한 말.

한 마디 한 구절 그르치지 않고, 나는 애용하는 활에게 이야기를 건넸다.

"흘러내려라, 하늘의 꽃. 『낙화유혜』."

말에 호응하듯이, 아득히 상공에서 별이 떨어졌다.

하늘 저 멀리, 공기조차도 없다고 여겨지는 장소에서 내 곁으로.

완만한 곡선을 그리는 푸른 활. 발레리아 가문에 대대로 전해지는, 가보이자 수호신이라고도 하는 물건이었다.

"———."

"쿠즈하와 분신들이 쫓을 테니까, 처리하는 건 리셀 씨한테 맡기겠다고 해요."

"알겠어요."

"문제없다고 해요, 쿠즈하."

"———!"

목 안쪽을 울리듯이 외치고, 분신을 거느리고 쿠즈하 님이 달려갔다.

……멋져요.

일부 수인종이 사용하는, 자신의 꼬리를 분리하여 그것을 매개로 진행하는 분신.

미숙하다면 분신과 본체의 외모나 능력에 차이가 생기고 만다.

하지만 쿠즈하 님의 미수 분신은 진짜 쿠즈하 님과 거의 동일했다.

도저히 소녀로는 여겨지지 않는, 완벽한 스킬 구사는 아마도 좋은 스승에게 사사했기 때문이겠지.

어머니에게 배웠다고 들었는데, 무척 이름 있는 대요호(大妖狐)였을 테지.

"그럼 부족한 기술이지만 열심히 수행하도록 할게요."

"그럼 저는 자고 있으면 되겠네요."

"예, 아르제 님. 뒷일은 맡겨주세요."

협의는 이미 마쳤으니까 이만 쉬라고 했다.

"부탁드립니다."

손끝에서 마력이 전해지는 것을 의식하고 활시위를 당겼다.

호흡은 최소한으로 그치고, 등줄기는 쫙 펴고, 다리는 땅에 기둥을 박듯이 단단히.

마력의 화살이 생성되는 것을 느끼며, 집중한 시야 안에서 주시하는 것은 풀의 흔들림이었다.

바람으로 인한 흔들림은 자연스럽게, 흘러가듯이 움직인다.

그 안에서 동물이 일으키는 풀의 흔들림은 이질적이다. 질서를 지닌 움직임에 거스르는 것 같아서 눈에 띄니까.

나는 숲의 일족. 시력은 뛰어나고, 자연과 함께하기에 그런 이상에는 민감했다.

쫓기는 짐승의 여유가 없는 움직임은 자연이 만드는 흐름을 흐트러뜨린다.

"……훗!"

숨을 내뱉는 것과 동시에 손가락을 풀어 화살을 날렸다.

최소한의 마력만을 실은 일격이 한낮의 미지근한 바람을 가르며 날아갔다.

풀잎이 다소 흩어지고, 목표한 그대로 명중했다.

"……제 생각대로, 산토끼인가요."

풀이 움직이는 폭을 보고 사냥감의 크기는 예측할 수 있었다.

가능한 한 고통스럽지 않도록 급소를 노렸다. 제대로 맞은 모양이라 다행이었다.

사냥감에게 고통을 주는 것은 미숙하다는 증거이고, 무엇보다도 스트레스를 받으면 육질도 나빠진다.

풀무더기에서 불쑥 얼굴을 내민 쿠즈하 님이 처리한 사냥감을 확인하고 뒤처리를 진행했다. 이걸 보니 저녁이 기대되네요.

잊지 않고 양식에게 감사의 인사를 하고, 다음으로 전환했다.

"역시, 사냥터를 옮기는군요."

짐승들은 피 냄새를 맡으면 그 자리를 벗어난다.

초식 동물은 다르겠지만 육식은 식용에 적합하지 않은 경우가 대부분이고 위험해지는 경우도 많다.

한 번 사냥한 뒤에 장소를 옮기는 것은 당연한 일. 쿠즈하 님들이 다음 장소로 손을 잡고 안내해 주었기에 그에 따르기로 했다.

"아르제 님은…… 걱정할 필요 없겠네요."

분신 셋 중에 하나가 아르제 님을 업은 모습을 보고 안도했다.

쌕쌕, 숨소리를 내는 은색 머리카락을 데리고 우리는 사냥을 계속했다. 이런 일도 무척 즐겁네요.

단편 3 아가씨의 하루 ~저녁~

해가 저물기 조금 전, 우리는 사냥에서 돌아왔다.

오늘은 말을 쉬게 해주는 날이라 최소한의 이동만 한다나.

빨리 고향으로 돌아가고 싶은 마음은 당연히 있지만 말을 너무 무리하게 만들 수는 없다는 것도 이해한다.

피로 때문에 말이 부상당하는 경우가 오히려 더 시간 낭비고, 무엇보다 말은 도구가 아니라 생물. 괴로운 일은 그들도 바라지 않는다.

아르제 님의 마법이라면 피로를 떨치고 계속 달리는 것도 가능하겠지. 하지만 그러지 않는 것은 역시, 모두의 배려라고 생각했다.

내 영지에서도 말을 사용하는 경우는 있고, 몇 마리는 내 개인으로 소유하고 있기도 하다.

기분 좋은 배려심을 느끼며, 나는 지금 할 수 있는 일에 집중했다.

"후후, 기분 좋아 보이는군요……."

말이 통하지 않아도 얼굴에는 드러난다.

그것은 이 여행에서 다시금 느낀 것으로, 사람이 상대가 아니라 동물이 상대라도 마찬가지였다.

브러싱을 받는 말의 행복해 보이는 표정이 내 솜씨를 알려주었다.

브러싱은 중요하다. 그저 겉보기에만 좋은 게 아니라 말과 접촉하는 시간이자 건강 상태를 확인하는 데에도 도움이 된다.

주물러서 풀어주는 것은 혈액 순환이 좋아지는 것으로도 이어지니까 피로 회복에도 좋겠지.

지금 내가 브러싱 중인 것은 검고 윤기 있는 털을 지닌 말. 얼굴은 단정해서 늠름하고, 폭신폭신한 갈기는 귀엽기도 했다.

네구세오라는 이름이라는 이 아이는 아르제 님 개인의 파트너라고 한다.

다른 아이들은 제노 님이 구입한 말이고 이 아이만이 아르제 님이 원래부터 데리고 있었다나.

좀처럼 볼 수 없는 늘씬하고 아름다운 몸에, 돌보는 손길에도 열기가 실렸다.

"푸르르……."

"네구세오, 기분 좋은 모양이네요."

"그런가요? 다행이네요……."

아르제 님은 동물의 말도 이해할 수 있는 모양이라, 이따금 이렇게 말을 전달해 주었다.

그녀는 지금 내 곁에서 하품을 하고 있는데, 혹시 아직 졸린 걸까.

그녀는 사냥하는 동안에 계속 자고 있었지만, 하루에 서른 시간을 자고 싶다는 사람이다. 아직 부족하더라도 이상할 건 없었다.

하루는 24시간이니까 그 이론으로는 어떻게 해도 부족하겠지만.

"……자, 깨끗해졌어요."

구석구석까지 빠짐없이, 제대로 손질을 마쳤다.

브러싱을 마친 말들의 털은 반짝반짝하고, 어느 아이든 피부나 몸 상태에 이상한 곳은 없었다. 내일부터 또 기운차게 달려줄 것 같다.

결과에 만족하며 나는 아르제 님에게 말을 건넸다.

"조금 더러워져 버렸으니까 깨끗이 씻고 올게요."

빠진 털이나 말의 기름으로 조금 더러워졌다.

냄새도 좀 배었으니까 식사 전에 씻어두고 싶었다.

"음…… 그러면 이쪽으로 오세요."

"예……?"

"깨끗해져—라."

가벼운 말이 울리고, 가볍지 않은 효과의 마법이 구사되었다.

둥실, 달콤한 냄새가 나는 바람을 받는 것 같은 느낌이 있고, 그것이 한순간에 내 몸을 씻었다.

손가락이나 옷에 묻은 말 털은 미끄러지듯이 스르륵 떨어지고 몸에 밴 냄새도 씻겨나갔다.

상위 회복 마법의, 부정을 떨쳐내는 효과.

막대한 마력을 소비하기에, 본래라면 평범하게 목욕을 하는 편이 덜 수고롭다는 인식이다.

그것을 가볍게 사용할 수 있는, 그리고 사용해 버리는 것은 아르제 님의 마력량이 굉장하기 때문이겠지.

평범한 사람이라면 있을 수 없을 정도의 마력은, 아르제 님이 마법을 사용할 때마다 수도 없이 목격했다.

곁에서 보는 것만으로도 피부에 소름이 돋을 것 같은 마력량도, 아직 그녀의 저력을 보여준다고 하기 어려워 보였다.

전력을 발휘하여 마법을 구사한다고 본인은 말하지만, 내 입장에서 보면 아르제 님은 아직 진정한 힘을 발휘하지 않는 구석이 있었다.

마치 자기 몸을 사용하는 것을 아직 망설이듯이, '낭비'라고 부를 수 있을 거친 모습이 보일 때가 있는 것이었다.

그럼에도 불구하고 강력한 마법의 효과. 몇 번을 봐도 놀라고 만다.

"……여전히 훌륭한 실력이네요."

"천만에요. 네구세오를 깨끗하게 해주었으니까, 답례예요."

은색 머리카락을 늘어뜨리며 아르제 님은 깊이 머리를 숙였다.

이런 모습이, 역시나 귀찮은 일이라도 도맡는 모습이었다.

졸음을 드리운 붉은 눈은 무슨 생각을 하는지 미처 엿볼 수 없는 경우도 많지만, 언동이나 행동에서는 성의나 다정함이 엿보였다.

"더러움을 씻어내어 청결하게 만든 것뿐이니까, 상쾌한 기분을 느끼고 싶다면 제대로 몸을 씻든지 해주세요."

"예, 감사합니다, 아르제 님."

그렇게까지 할 일도 아니라고 생각해서, 감사를 표하고 아르제 님 옆에 앉았다.

노을을 품은 바람이 불어 우리의 머리카락이 흩날렸다. 아련한 금색이 시야 구석에서 흔들리는 것을 느끼며, 옆에서 눈을 가늘게 뜨는 은색 소녀를 바라봤다.

은색 머리카락이 주황색을 반사하여 반짝반짝 빛나는 모습은, 저녁에 떠오른 별이 흘러가는 것과도 닮은 아름다움이었다.

"……? 왜 그러시나요?"

"어, 아뇨……. 아르제 님의 머리카락이 예쁘다고 생각해서……."

"네, 감사합니다. 리셀 씨의 머리카락도 예쁘다고 생각해요."

"가, 감사합니다……."

솔직하게 칭찬했더니 칭찬으로 돌려받아 버렸다.

영지에 있던 무렵에도 칭찬을 받은 적은 있지만, 이렇게 거리가 가까운 상대가 말하는 것에는 그다지 익숙하지 않았다.

그 이상 무어라 대답하기가 어려워진 나는, 그저 조용히 앉아서 저녁 식사 때까지 기다리기로 했다.

배에서 소리가 울려 엉망이 되지 않으면 좋겠다. 그리 생각하며.

단편 4   아가씨의 하루 ~밤~

"맛있었어요……."

낮에 많이 움직여서 그만 식욕이 동하고 말았다.

식후의 차가 또 좋았다. 페르노트 님이 타준 차로 입 안에 남은 음식의 맛을 흘려 넘기고 느긋한 기분을 느끼게 해주었다.

"……그만큼 잡고, 한 끼인가요……. 으—음, 블러드 박스에 고기가 안 들어간다는 것이 은근히 뼈아프네요……."

"아르제 님? 왜 그러시나요?"

"어—…… 아뇨. 지금 잠깐 한계라는 말에 대해서 생각했어요."

"아르제 님, 소식하시니까……. 억지로 먹는 것도 좋지 않으니까, 그렇게 신경을 쓸 일은 아닐 것 같은데."

위장의 한계라는 이야기라면, 나는 오늘의 식사로 살짝 모자라다는 느낌이 있었다.

가득 채워버리면 배가 아프니까 가장 만족감을 얻을 수 있는 것은 이 정도겠지.

"잘 먹었습니다. 정말 맛있었어요."

조리를 담당해준 페르노트 님만이 아니라 먹은 음식에 대한 감사도 담아서 깊이 머리를 숙였다.

역시 스스로도 사냥에 참가한다는 건 좋다. 마대륙에 있던 시절을 떠올리고 도움이 될 수 있는 것은 다행이다. 무엇보다도 스스로 잡은 사냥감의 맛은 각별했다.

앞으로도 가능하다면 최대한 식재료 조달에는 참가하자. 먹을 수 있는 들풀인지 정도라면 나도 알 수 있다.

"＿＿."

"만족했다면 다행이야, 라고 그러네요."

"예, 그럭저럭 배를 채울 정도는 되었어요!"

"그럭저럭 배를 채웠다고 하네요."

"＿＿."

어째선지 페르노트 씨가 경악한 눈빛을 띠었다. 무슨 이상한 일이 있었을까.

고개를 갸웃거리는 사이에 식기가 정리되어 있었다. 조리나 뒷정리는 서투니까 맡겨버리고 있었다.

……익숙한 사람이 하는 편이 나을 테니까요.

방법을 모르는 사람이 손을 대봐야 도리어 시간이 걸리고, 두 번 수고하게 되어버리는 경우가 많다.

신세만 지고 있다는 것이 죄송하지만 다른 형태로 갚으면 된다.

말을 돌보고 사냥을 돕고. 여행의 일원으로서 할 수 있는 일을 해야겠지.

애당초 나는 이 여행에서는 신세를 지는 입장이다.

노예로 팔려나가려는 참에 제노 님과 페르노트 님이 구해주셨고, 걸려 있던 구속은 아르제 님이 풀어주셨다.

그리고 지금, 나를 바래다주기 위해서 모두 함께 여행을 나섰다.

아무리 감사해도 부족한 일이다. 내 영지에 도착한 뒤에는, 발레리아 가문의 모든 힘을 다해 답례해야겠지.

"——."

"내일은 제대로 이동할 테니까 빨리 자도록, 이라고 하네요. 불침번은 페르노트 씨가 맡아준다고 해요."

"아, 예……. 감사합니다, 페르노트 님."

깊이 머리를 숙이자 손을 내저어 응대했다.

신경 쓸 것 없다는 의미일 테지만, 손보다도 가슴이 흔들리는 것이 신경 쓰였다.

……그냥 잠자코 있도록 하죠.

본인이 의도하지 않은 일이니까 굳이 말하는 것은 촌스러운 짓이겠지. 신경 쓰고 있을지도 모른다.

아르제 님이 주시하고 있는 건 역시나 부러워하는 걸까.

"——."

"——."

"——."

제노 님, 페르노트 님, 쿠즈하 님이 잠시 대화를 나누었다.

아마도 추후 예정이나 자기 전의 인사겠지. 정확한 의미는 알 수 없어도, 그것이 그들에게 좋은 일이라는 건 알 수 있었다.

그렇게 사이가 좋은 모습은 부럽기도 하고, 눈부시기도 하고, 또한 쓸쓸하기도 했다.

"……저도 공화국어를 쓸 수 있다면."

마대륙에서는 필요 없는 지식이었다지만 불편하고, 쓸쓸하다.

영지로 돌아가면 본격적으로 공부해 보자.

모처럼 생긴 친구들과 직접 대화를 나눌 수 없다는 것은 더없이 안타까운 일이다.

"리셀 씨, 마차 쪽으로 가죠."

"아…… 예. 아르제 님. 같이 가요."

아르제 님이 말을 건네준 것에 감사하다고 느꼈다.

아마도 내가 대화에 참가하지 못하니 배려해 주는 거겠지. 깨어 있을 때, 아르제 님은 내게 자주 말을 건넸다.

흔들리는 작은 은발을 따라서 마차 안으로.

그리 크지 않은 마차 안에서, 제노 님은 우리를 배려하는 것인지 구석 쪽에 몸을 뉘었다. 쿠즈하 님은 거기서 조금 떨어진 곳에서 침구 준비를 해주고 있었다.

아직 소녀의 몸으로, 쿠즈하 님은 제 역할을 다하고 있었다. 그렇게까지 배려할 건 없다는 생각도 들지만, 성격이겠지. 고마운 심정은 진짜니까 진심으로 머리를 숙여 감사를 표했다.

"고마워요, 쿠즈하 님."

"고맙다고 하네요."

"──."

"신경 쓰실 것 없어요, 라네요."

"아르제 님도, 감사합니다."

"예?"

"항상 이렇게, 서로의 말을 연결해 주시니까요."

어리둥절해서 붉은색 눈동자를 동그랗게 뜬 아르제 님에게 나는 깊이 머리를 숙였다.

평소부터 감사의 마음은 전하고 있지만, 이렇게 제대로 전하는 것도 필요하다고 생각한다.

그리고 이런 것은 내가 기회를 잡지 않으면 못 하는 일이다.

아마도 의도가 전해졌을 테지. 말을 건넨 상대는 은색 머리카락을 흔들며 미소 지었다.

"……천만에요. 무슨 일이 있다면 언제든지 이야기하세요."

돌아온 대답은, 감사한 말.

받아준 것을 확인한 뒤에 머리를 들었더니 아르제 님은 이미 잠들 준비를 하고 있었다.

잠시 후, 금세 규칙적인 숨소리가 들렸다. 쿠즈하 님이 머리를 쓰다듬고 달라붙듯이 누웠다.

……사이가 좋네요.

친구라는 두 사람은 무척 친했다.

쿠즈하 님이 아르제 님을 감싸듯이 꼬리를 말았다. 기분 좋은 숨소리가 들리는 것을 보니 역시 저 꼬리는 뛰어난 감촉과 온기를 지녔을 테지.

흐뭇하다고 느끼며 나도 옆에 누웠다.

바삐 움직이기도 해서 잠기운은 금세 찾아왔다.

딱딱한 바닥과 생나무 냄새. 그리고 낡은 담요의 향기.

저택과는 모든 환경이 다르지만 그것 또한 지금은 기분 좋았다.

눈을 감자 찾아온 잠기운을 저항하지 않고 받아들였다.

눈을 떴을 때, 역시 나는 저택이 아니라 이곳에 있겠지.

지금은, 그것도 괜찮다. 함께 하는 사람들의 온기가 따뜻하다. 그걸 느낄 수 있으니까.

단편 5 흡혈귀의 심야

"……음냐."

밤 깊은 시간에, 눈이 떠졌다.

살짝 공기를 들이마시자 낡은 나무와 담요의 냄새, 그리고 미묘한 짐승 냄새.

"아—…… 영차."

얼굴에 드리워져 있던 여우 꼬리를 천천히 밀어냈다.

아무래도 쿠즈하의 꼬리털이 얼굴에 덮여 있던 탓에 숨을 쉬기 힘들어서 잠이 깬 모양이다.

꼬리를 매몰차게 다룬 탓인지 쿠즈하가 데굴데굴 구르며 떨어졌다. 살짝 더웠으니까 마침 잘 됐나.

"에잇."

여러모로 칠칠치 못한 모습이 되었기에 일단 담요를 덮어줬다. 제노 군이 보면 신경 쓰일 테고.

나도 마음으로는 남성이지만 전생한 뒤로는 여자아이고, 당연히 주위에서도 같은 취급이었다.

이런 일은 알아차린 사람이 신경을 써주는 편이 좋겠지.

"리셀 씨는……. 아, 잘 자고 있네요."

거무스름한 피부를 가진 다크 엘프 여성. 나와 같은 아인종인 리셀 씨는 쌕쌕 숨소리를 내며 자고 있었다.

배에서 가슴까지 제대로 담요를 덮고, 이따금 다크 엘프 특유의 긴 귀를 까딱 움직였다.

나도 흡혈귀니까 귀가 긴 편이지만 다크 엘프는 나보다도 더 길었다.

무심코 장난기가 발동해서 새끼손가락 끝으로 귀를 간질여 봤더니 내 손에서 도망치듯 움직였다.

깨어날 기미는 없지만 역시 간지럽나 보다.

오늘 리셀 씨는 부지런히 일했으니까 깊이 잠든 모양이었다.

일을 시키면 하고 그만큼 추가로 먹는데, 네구세오를 돌봐준 것은 솔직히 기쁘고 고마웠다.

그녀는 마대륙에서는 영주라는데, 세상 물정 모르는 사람은 아닌지 이래저래 바쁘게 움직이고 있었다.

분위기를 파악하지 못하는 구석은 있지만, 기본적으로는 좋은 사람이다.

자기 전에도 제대로 인사를 전하는, 예의 바른 사람이기도 했다. 이건 영주라는 직함 덕도 있을까.

네구세오를 돌봐준 답례의 의미도 담아서 그녀의 담요를 가볍게 정돈해 주었다.

"……리셀 씨도, 힘들겠네요."

그녀는 마대륙에서 영지 주민을 지키기 위해 붙잡혀 왕국에 노예로 끌려왔다고 한다.

그리고 팔려 나가기 전에 제노 군과 페르노트 씨가 구해내서 지금 이렇게 우리와 여행을 하고 있었다.

주민들이 걱정되고, 나 말고는 말도 안 통한다. 불안하기도 할 텐데, 그런 상황에서 리셀 씨는 잘 지낸다고 생각한다.

제노 군 쪽은 꿈쩍도 안 하는데 아마도 자고 있겠지. 이른 시간부터 말을 몰 예정이니까 제대로 자두어야 한다.

"……누구 일어났어?"

페르노트 씨가 밖에서 얼굴만 마차 안으로 집어넣고 목소리를 던졌다.

음량을 낮춘 것은 밤중의 배려겠지. 나도 조심스레 목소리를 낮추어 대답했다.

"아, 예. 페르노트 씨."

"그래. 소곤소곤 말소리가 들려서 누군가 했더니 아르제였구나."

"불침번은 좀 괜찮나요?"

"기사 시절에 익숙해진 일이야. 이동 중에 잘 테니까 신경 쓸 것 없어."

"그런가요……. 고마워요."

"됐어. 잠 안 오면 차라도 마실래?"

"딱히 잠이 안 오는 건 아니지만…… 그러네요. 부탁드릴 수 있을까요?"

작은 목소리로 계속 잡담을 나누는 것도 번거로우니 순순히 고개를 끄덕이고 마차에서 빠져나왔다.

달빛은 태양보다도 차가웠지만 흡혈귀라 그런지, 어쩐지 기분이 좋았다.

월광욕을 즐기며 나는 페르노트 씨와 모닥불 옆에 앉았다.

차를 척척 준비하는, 흔들리는 사이드 테일을 바라보며 나는 말을 건넸다.

"마대륙까지는 앞으로 얼마나 더 걸릴까요."

"그러네. 식량 사정을 생각하면 빨리 바래다주고 싶은데."

페르노트 씨의 말은 반쯤 진심이고 반쯤 농담이겠지.

내버려 두면 되는데도 쓰러져 있던 나를 구해주고, 팔려 나갈 뻔했던 다크 엘프를 구해주고 마는 사람이다. 사람 좋고 다정하고, 융통성은 별로 없지만 올곧은 전직 기사.

"마대륙…… 치안이 나쁜 모양이네요."

리셀 씨한테 듣기로는, 영지 쟁탈전이 항상 발생하고 흉포한 몬스터도 다수 서식하는 곳이라고 한다.

바다를 건너기도 해야 하니까 여정은 무척 험난할 듯했다. 그저 자고만 있을 수는 없을지도 모르겠다.

"걱정 안 해도, 아르제는 내가 지켜줄게."

"그런가요. 그럼 저는 안심하고 잘 수 있겠네요."

"그건 좀 너무 까부는 거고."

찰싹. 이마를 맞았다.

은근히 아파서 이마를 문지르는데, 차가 담긴 컵을 내게 건넸다.

"정말이지, 게으른 그 성격을 고치는 건 무척 어려울 것 같네."

"고쳐지지 않을 거라 생각하는데요?"

"애초에 고칠 생각도 없잖아……!"

너무나도 지당했기에 차를 마셔 얼버무렸다.

"정말이지…… 뭐, 됐어. 그거 마시고 나면 제대로 자둬. 아르제라면 걱정 없을 테지만."

"역시 페르노트 씨. 잘 알고 있네요."

"이제는 익숙해졌어……."

어깨를 으쓱이고 페르노트 씨는 모닥불에 장작을 추가했다.

타닥타닥 불꽃이 튀어오르는 것을 바라보며 느긋하게 차를 음미했다.

긴 여정은 내 쪽도 마찬가지다. 리셀 씨를 바래다준 뒤에는, 또다시 삼시세끼 낮잠 간식 포함으로 보살펴줄 사람을 찾는 여행으로 돌아가게 된다.

앞으로 몇 번이나, 이런 밤이 이어질까. 그런 생각을 하며, 나는 조금 더 졸릴 때까지 밤중의 차를 즐기기로 했다.

특별수록 세세연년, 연년세세

냄새라는 것은 기억을 불러일으키는 법이라고 생각한다.

좋아하는 음식 냄새가 나면 사람은 그 맛을 떠올리고 공복을 느낀다.

항상 같은 장소에서 스쳐 지나가는 이름도 모르는 누군가를 냄새로 기억하게 되기도 한다.

그런 식으로, 냄새가 특정한 기억을 불러일으키는 경우는 자주 있다.

"......벚꽃."

지금 내가 느끼고 있는 것은 벚꽃의 냄새.

달콤한 듯 아련한 듯, 그야말로 벚꽃이 피는 모습 같았다.

사람의 마음을 확 붙잡고 확 흩어진다.

벚꽃 냄새는 본래 무척 옅어서 상당히 가까운 위치가 아니라면 느낄 수 없다.

하지만 지금 내가 있는 곳은 벚나무 길의 중심.

흩날리는 벚꽃잎의 아련한 냄새가 후각을 강하게 자극했다.

"응......"

밤의 차가운 공기에 벚꽃 향기가 더욱 강하게 느껴졌다.

하늘에 떠 있는 달 앞으로 가로지르는 꽃잎은 마치 손을 흔드는 것 같아서.

공원 벤치의 차가운 공기도 신경 쓰지 않고, 나는 달에서 손을 흔드는 벚꽃을 올려다보고 있었다.

어릴 적부터 몇 번이나 들렀던 같은 장소. 익숙한 벚꽃의 아름다움과 달콤한 냄새에 나는 멍하니 입을 벌리고 있었다.

연년세세, 꽃은 항상 같으리.

아무리 세월이 지나도 변함없이 꽃은 핀다.

세세연년, 사람은 같지 않으리.

하지만 사람은 그럴 수 없다.

아이는 어른이 되고, 어른은 노인이 된다.

늙는다. 그것은 꽃도 마찬가지일지도 모르지만, 사람은 금세 변해 버린다.

언제든 같은 마음으로, 똑같이 볼 수 있다고 단정할 수는 없는 것이다.

아무런 변화도 없이 지낼 수 없다는 것은 인간의 장점인 동시에 단점이라고 생각한다.

선도 악도 아니라, 그저, 변한다.

그것이 인간의, 꽃과는 다른 점이다.

그럼에도 매년 이렇게 화사하게 피는 벚꽃을 보고 생각하는 바는 다르지 않다.

"예쁘구나."

세월이 지나고 나이를 먹어도 변함없는 기분.

솔직한 감상을 흘리고 나는 벌러덩 몸을 뒤집었다.

그렇다. 꽃의 아름다움은 변치 않아도 사람은 변한다.

천진난만하게 여기서 놀던 나는 지나간 시간에 두고 와버렸다.

지금 이곳에 있는 것은 일에 지쳐 술을 마시고, 집에 돌아가지 않고 누워서 뒹굴뒹굴하는 엉망인 어른이다.

"후엣취."

재채기가 나온 것은 추워서 그런 게 아니라 날아온 꽃잎이 코끝을 간질였기 때문.

참지 못하고 감은 시야는 한순간에 트이고——.

"후후, 커다란 재채기네요."

"흐에?"

——벚꽃의 정령이 비쳤다.

정확하게는 그런 느낌이 들었을 뿐이었다. 그리 착각하고 말았을 정도로 아름다운 소녀가 눈앞에 있었다.

벚꽃을 본뜬 장식이 달린 헤어밴드로 길고 검은 머리카락을 묶은 소녀.

밤의 따듯한 어둠처럼 윤기 나는 흑발과 어우러져서, 흔들리는 벚꽃 장식은 마치 한밤의 벚꽃 같았다.

호를 그린 눈은 어느샌가 풀어져서, 검다기보다는 남색의 눈동자가 내 얼빠진 얼굴을 붙잡았다.

"어, 아, 너는……?"

"보시다시피 학원 마치고 돌아가는 학생……으로 보이나요? 어떤가요?"

"어떤가요, 라고 그래도……."

일어서서 다시금 상대를 봤더니 블레이저 교복차림으로, 학생이라고 그러니 딱 와 닿는 나잇대.

어린 느낌이 남은 도톰한 벚꽃색 입술이 미소를 형태를 그렸다.

"정말이지, 너무하네요. 훨씬 전부터 항상 여기서 지나쳤는데."

"어, 아──……미, 미안해……?"

어쩐지 어이없다는 듯 웃는 바람에 무심코 머리를 숙이고 말았다.

그런 소리를 해도, 지나치기만 했던 사이라면 기억을 못 해도 어쩔 수 없는 게……. 아니, 하지만 이렇게나 귀여운 아이라면 시선을 끌겠지. 역시 기억 못 하는 내 쪽이 실례일까.

"피곤하신 모양인데, 무슨 일 있었나요?"

"어──…… 뭐, 응."

무슨 일이 있었으니까, 이런 곳에서 푹 썩어 있었지. 그건 얼버무릴 수도 없었다.

감추지 않고 긍정하자 상대는 여전히 미소를 무너뜨리지 않고,

"저라도 괜찮다면 들어줄 수도 있는데요?"

"아니, 하지만……. 관계도 없는 아이니까."

"관계가 없다면 더더욱, 하고 싶은 말만 하고 굿바이하면 되잖아요."

"……전도유망한 젊은이한테 이야기하기는 어려우니까."

"여자친구한테 몸의 상성을 이유로 차인 건가요……?!"

"그런 의미로 이야기하기 어려운 게 아니라고?!"

어쩐지 묘하게 페이스를 빼앗기는 느낌이었다.

마음을 가라앉히기 위해 호흡을 가다듬고 다시금 말을 꺼냈다.

"이제부터 사회로 나올 아이한테, 사회의 어둠을 이야기할 수는 없잖아……."

"아니아니. 요즘 아이들은 인터넷 같은 걸로, 이미 그런 건 알고 있으니까요. 처음부터 꿈도 희망도 없으니, 부디 오라버니의 어두운 부분을 이야기해주세요."

"고맙지만 기분 나쁜 아이구나……!"

좀 더 이렇게, 다양한 것에 대한 표현이 있었을 텐데.

하지만 덕분에 굳이 배려를 할 기분이 사라졌다. 상대가 말했듯이, 어차피 잠깐의 어울림이기도 했다.

아마도 내가 너무도 지독한 꼴이니까 말을 걸었을 뿐. 그저 우연히 만나고, 헤어지고, 내일부터는 아무것도 없는, 스쳐지나갈 뿐인 관계다.

"……그냥, 일이 잘 안 풀렸을 뿐이야."

잘 안 풀렸다. 그런 일은 몇 번이나 있었다.

딱히 오늘, 이때에 한정된 이야기도 아니다. 사회인이 된 뒤로 갑자기, 그런 일도 아니다.

어릴 적부터 제대로 안 풀리는 일은 잔뜩 있었다.

그저 어른이 된 뒤로, 술로 도망치는 것을 배웠을 뿐.

깊이 내용을 이야기할 것도 없었다. 아니, 어쩌면 술 때문에 그런 건 아무래도 상관없다고 여기게 되었을지도 모르겠다.

이유야 어쨌든 상관없고 그저 애가 타서, 나는 이렇게 아련한 벚꽃의 냄새에 파묻히듯이 취해 있는 건가.

"사회인은 큰일이네요."

"그래, 큰일이야……. 아니, 그래도 학생도 큰일이잖아?"

"그러네요, 젊을 적에 가지 같은 게 꺾이면 곤란하거든요."

"가지?"

"아, 오빠는 모르는구나. 벚꽃은, 섬세하거든요. 가지를 살짝 꺾는 것만으로 병에 걸려 버려요."

설마 자기가 벚꽃의 정령이다, 그런 소리라도 하고 싶은 걸까. 아니아니, 그럴 리가 없지.

아마도 무언가 비유하는 표현. 보아하니 똑똑할 것 같은 여자 애고, 이런 시간까지 돌아다니는 건 본인이 말했듯이 학원이라든 지 그런 것 때문이겠지.

술 탓인지 딴죽을 걸 기분도 들지 않았던 나는 그냥 그에 어울 리는 것으로 답했다.

"벚꽃은 큰일이겠네."

"예, 큰일이에요. 누구든지."

"……그렇구나."

그런 건 잘 아는 바지만 실제로 이야기를 꺼내니 그저 인정할 수밖에 없었다.

괴로운 심정이나 안타까움. 그런 것을 느끼는 사람은 딱히 나 만이 아니다.

세계에서 가장 불행하냐고 묻는다면 틀림없이 부정하겠지.

"벚꽃 냄새는 많은 것들을 떠오르게 하니까요."

"아아…… 응. 애절한 건 그 탓이려나."

벚꽃은 일본의 꽃으로, 새로운 일의 시작이나 이별의 상징이다.

벚꽃에서 느끼는 인상은 놀라울 만큼 사람에 따라 제각기 동떨어져 있다.

그만큼 많은 의미를 지닐 정도로 활짝 피었던 것이다.

연년세세, 꽃은 항상 같으리.

변함없이 피었을지라도.

세세연년, 사람은 같지 않으리.

사람의 마음 숫자만큼 다른 의미를 지니고.

"후후. 그럴지도 모르겠네요. 저도 이 시기에는 두근두근해 버리니까요."

"두근두근……?"

싱긋, 벚꽃색 입술로 미소를 띠고 이름 모를 소녀는 깊이 고개를 끄덕였다.

"벚꽃이 필 무렵에는 많은 것들이 변해요. 바람의 온기도, 해님의 얼굴도, 밤의 길이도, 그리고 사람도. 어제까지 교복을 입고 있던 아이가 정장을 입고, 어제까지 유치원생이었던 아이가 교복을 걸치고. 모두가 새로운 것에 익숙해지려 하거나, 두근두근하거나, 불안에 떨거나."

쿡쿡 웃는 그녀는 마치 몇 년도 더 전부터 이곳에서 그런 풍경을 보았다고 하는 것 같은, 가슴이 두근거릴 듯한 아름다움과, 요염함.

벚꽃의 정령이라고 해도 믿어버릴 것만 같았다.

"……벚꽃이 피어 있으면 나는 엄청 불안해지거든."

나는 따지자면 겁쟁이다.

변해가는 것이 무섭다.

유치원에 들어갈 때, 친구가 생길지 불안했다.

학년이 바뀔 때, 이제까지 접한 적이 없는 사람과 잘 지낼 수 있을지 무서웠다.

수험이 끝난 뒤, 이제까지 사이좋게 지냈던 사람들과 떨어져 버리는 것이 쓸쓸했다.

어른이 될 때가 다가오자, 학생의 편안함이 사라지고 의무에 쫓기게 되는 것을 힘겹게 느꼈다.

그런 일에도 언젠 익숙해진다. 그걸 알면서도, 갈림길에 서게 된 내가 느낀 것은 언제나 불안이었다.

흔들리는 벚꽃은 마치 내 마음.

흩어지는 꽃잎은 이제까지 쌓아 올린 것이 무너지는 것 같아서.

나는 그것이, 너무나도 무서웠다.

"꽃을 보고 느끼는 것은 사람마다 제각각이니까요. 하지만 저는 벚꽃이 좋으니까, 오빠한테 살짝 마법을 걸어줄게요."

"마법……?"

활짝, 그녀가 내 앞에서 양손을 펼쳤다.

접시처럼 만든 손바닥에는 수많은 벚꽃의 꽃잎.

"벚꽃 향기는 무척 희미해서 그대로는 그다지 느낄 수가 없지만……. 이만큼 피어 있으니까요."

어느샌가 잔뜩 모인 벚꽃의 꽃잎을 그녀는 내 코앞으로 가져다 댔다.

부드럽고, 달콤하고, 어쩐지 불안해진다. 익숙한 향기에 무심코 눈을 살짝 가늘게 뜨고 만다.

"벚나무의 꽃에는 불안을 완화하는 효과가 있다고 해요."

"그런 새로운 지식을 얻는 것만으로도 기분이 바뀐다는 건가."

"세세연년, 사람은 같지 않으리. 인간의 마음 따윈 의외로 확 바뀌어버리는 게 아닐까요."

아, 그건 정말 그렇다.

오늘, 몇 번인가 마음속에 떠올렸던 말을 들은 순간, 강한 바람이 불었다.

꽃잎을 흩날리는, 갑작스러운 밤바람.

물을 끼얹듯이 덮쳐든 꽃의 향기에 눈을 감고――.

"――어?"

눈을 떴을 때, 이미 그곳에는 아무도 없었다.

"잠깐…… 어라?"

벚꽃색 머리장식을 흔들던 소녀가, 어디에도 없었다.

환상, 이었을까. 아니면 변덕?

두리번두리번 주위를 둘러봐도 그저 술 취한 어른이 하나, 수상쩍게 행동하고 있을 뿐.

잔향에 이끌려 코끝을 만지자 작은 벚꽃잎이 하나, 손끝에 붙었다.

그것은 한순간에 바람에 휩쓸려 내 손에서 떠나 버렸다.

확 피고 확 지는 벚꽃처럼.

그녀의 모습도, 흔적도, 이미 어디에도 없었다.

"설마 진짜 벚꽃의 정령……. 아니, 너무 취해서 꿈이라도 꿨나."

여우에 씌었다기보다는 벚꽃에 홀린 것 같은 감각.

고개를 갸웃거렸더니 술은 완전히 깬 뒤였다.

"허…… 에취!"

재채기를 해봐도 다시 나타나지는 않고, 그저 몸이 싸늘해진 것을 느낄 뿐이었다.

"……돌아가서 목욕이라도 하자."

내일도 평소와 다름없는 일상이다. 변해버려서는 안 된다.

사람은 변할지라도 꽃이 변하지 않듯이.

내게는 나의 역할이 있는 것 또한, 변함없는 일이니까.

"오늘도 화창하네."

옛날에는 학교에 가면서, 지금은 출근하면서 지나치는 익숙한 공원. 어젯밤과 마찬가지로 구름 한 점 없이 맑은 하늘.

만개했던 벚꽃은 바람에 쓸려가며 흩어진다는 이미지가 강했다.

어제 일도 있어서, 벚꽃에서 느껴지는 기분은 아주 조금 긍정적이었다.

그렇게 변한 것만으로도 어제의 수확은 있었다. 그리 생각했다.

하지만 가능하다면 확인하고 싶은 것이 하나.

마찬가지로 벚꽃을 즐기는 사람들과 스쳐가며, 나는 어쩔 수 없이 기억에 있는 벚꽃 머리 장식을 찾고 있었다.

역시 어제 그 일은 꿈이었을까.

"앗……!"

흩날리는 벚꽃 냄새에 눈을 감을 뻔했을 때, 내 눈이 만들어진 벚꽃을 포착했다.

찾고 있던 뒷모습을 발견한 나는 황급히 그녀를 좇았다.

스쳐 지나가며 천천히 멀어지려던 뒷모습이, 가까웠다. 저것은 정말로 그녀일까. 사람을 잘못 본 게 아닐까. 자세히 보니 어제와 체격이 다른 것 같은데.

어떻게 부르면 될까. 정말로 그녀인지도 알 수 없고, 하지만 참을 수도 없었다.

나는 마음속에 떠오른 말을, 벚꽃의 꽃잎처럼 하늘에 던졌다.

"벚꽃의 정령……!"

돌아본 그녀는, 기억에 있는 얼굴.

벚꽃을 본뜬 머리장식에, 흑발을 묶은 여자아이.

블레이저 교복이고, 하지만 세세한 부분이 달랐다. 이건, 아아. 학교가 바뀌었나.

그녀는 틀림없이 오늘부터 새로운 학교에 다니는 것이었다.

언젠가의 나처럼 새로운 생활에 겁먹은 것 같은 표정은 아니고, 그녀는 그저 미소 지었다.

어제와 다르지 않게, 꽃처럼.

하지만 모습은 확실히 인간으로 바뀌어서.

"벚꽃의 정령으로, 보이나요?"

스스로 말하고서 부끄러워졌을 테지. 아주 조금 뺨이 벚꽃색으로 물들었다.

연년세세, 꽃은 항상 같으리.
세세연년, 사람은 같지 않으리.

변하지 않는 벚꽃 아래에서, 지금부터 우리에게 벌어진 변화가
틀림없이 좋은 일이 되기를.

후기

안녕하세요, 여러분. 초킨교。입니다.

처음 뵙는 분께는 처음 뵙겠습니다. 오래 어울려주신 분께는 항상 감사합니다.

전생 흡혈귀 씨 4권, 손에 들어주셔서 감사합니다.

이번에도 후기부터 읽는 사람을 위해서 가능한 한 스포일러가 되지 않도록 내용을 건드려보자면, 배고픈 다크 엘프 때문에 식량 위기입니다. 그리고 주인공이 목욕탕에서 가슴에 대해 생각합니다. 그리고 주인공이 간신히 팬티를 입습니다. 진짜입니다, 진짜 진짜입니다. 특히 마지막은 진짜입니다.

1권부터 3권까지 주인공은 계속 팬티를 입지 않았습니다만, 이번에 간신히 입었습니다.

뭐, 조금 진지하게 건드려보자면, 살아있는 재앙 A.K.A. 엘시라는 강적을 물리친 주인공 아르젠토는 다크 엘프 아가씨, 리셀을 고향으로 보내주기 위한 여행으로.

그리고 방문한 시릴 대금고에서 아르젠토가 본 것은?

자신의 존재를 묻는, 제4권입니다!

······그런 느낌일까요.

전생 흡혈귀 씨, 아르젠토 밤피르의 여행도 드디어 4권이 되었습니다.

처음에 졸려 잘래 배고파 정도의 말만 하던 주인공도 성장한 것처럼 느껴집니다. 느껴지는 것뿐일까요.

굳이 따지자면 아직 수많은 의문이 쌓여 있는 느낌이라, 어떤 대답을 내릴지 지켜봐 주셨으면 합니다.

어딘가 좋은 장소에 다다라서 낮잠을 잘 수 있다면 좋겠네요.

또한, 이번에는 전생 흡혈귀 씨와는 별도로 특별히 단편이 하나, 수록되었습니다.

소재는 '벚꽃'. 지금부터의 시기, 생각하는 바가 많이 있을 테니까, 그런 여러분께 바치는 한 편입니다. 이쪽도 즐겨주신다면 좋겠습니다.

자, 제가 소설가로 데뷔하고 1년이 지났습니다.

응원해주신 독자 여러분.

1년 동안, 아장아장 걷는 저를 이끌어주신 상냥한 편집 I 씨.

항상 멋진 일러스트를 그려주시는 47AgDragon 선생님.

제가 많은 조언을 주신 선배님들.

그리고 변함없이 의지가 되어주는 가족.

모든 사람에게, 감사합니다.

이번에는 5월 발행이고, 같은 달에 만화도 시작될 거라 생각합니다. 코믹 어스스타 쪽에서 읽으실 수 있을 터이니 그쪽도 잘 부탁드립니다.

또한 만화 담당 사쿠라 선생님께도 한없는 감사를. 고맙습니다.

그럼 바라건대 또 다음 권에서 만나죠. 아르제의 모험은 아직 계속됩니다.

봄의 바람소리를 멀리서 들으며. 초킨교。

엘시 님의
트윈 테일을
내려
봤습니다.

엘시
님
만세

A transmigrationvampire would like to take a nap 4

First published in Japan in 2017 by Tyokingyo-maru / 47AgDragon
Korean translation rights reserved by Somy Media, Inc.
Under the license from EARTH STAR Entertainment Co., Ltd. Tokyo JAPAN
Korean translation rights 2022 by Somy Media, Inc.

전생 흡혈귀 씨는 낮잠을 자고 싶어 4

2022년 11월 01일 1판 1쇄 발행

저　　　자　초킨교。
일 러 스 트　47AgDragon
옮 긴 이　손종근
발 행 인　유재옥
본 부 장　조병권
담 당 편 집　정지원
편 집 1 팀　김준균 김혜연 박소연
편 집 2 팀　정영길 조찬희 박치우 정지원
편 집 3 팀　오준영 곽혜민 이해빈
디 자 인　김보라 박민솔
라 이 츠　김정미 맹미영 이승희 이윤서
디 지 털　박상섭 김지연
발 행 처　(주)소미미디어
등　　　록　제2015-000008호
주　　　소　서울시 마포구 토정로 222, 403호(신수동, 한국출판콘텐츠센터)
판　　　매　㈜소미미디어
제 작 처　코리아피앤피
영　　　업　박종욱
마 케 팅　한민지 최원석 최정연
물　　　류　허석용 백철기
전　　　화　편집부 (070)4164-3962, 3963 기획실 (02)567-3388
　　　　　　판매 및 마케팅 (070)4165-6888 Fax (02)322-7665

ISBN 979-11-384-1406-7 (04830)
ISBN 979-11-384-1254-4 (세트)